For Masako K.,
with gratitude

目次

春寒　はるさむ　5

疎水のある町　そすいのあるまち　25

雪ノ下　ゆきのした　45

夏仔　なつご　65

赤と青の小瓶　あかとあおのこびん　87

秋麗　しゅうれい　107

水　みず　127

あの春がゆき　あのはるがゆき
この夏がきて　このなつがきて　149

装幀／鈴木俊文（ムシカゴグラフィクス）
カバー写真／©Siephoto/Masterfile/amanaimages

春寒

夏の無邪気な海や南洋の透き通るような海をこよなく愛し、描くことを生きる支えにしてきた養父が亡くなると、芸大の学生だった神木《こうのぎ》は哀しいというよりうろたえた。戦争孤児として浮浪から救われた身が、再び天涯孤独となったのである。心臓に特殊な疾患を抱えていた養父はいつ急逝してもおかしくはなかったが、実際にその日がくると茫然として思考が停止した。養父が倒れたアトリエには売れない絵がドミノのように壁にもたれていて、彼もその一枚であるかのようにカンバスの最前列にうずくまっていた。

男ふたりの暮らしに親切な他人の介入はなかったので、神木は後事のすべてをひとりですることになった。学友にも家の事情を話していなかったし、とにかく目の前の困難を乗り切ることが彼の体に染みついた処世であった。気を変えて生活を立て直すのにふた月ほどかかったものの、その後は習い性の根性に任せて不敵に振る舞った。体も若かったせいか孤独を埋めるものは肉欲しかなかった。彼にとり女性は時として美しい毛布であり、未来の身内であり、平凡な家庭の匂いを探る相手でもあった。なにかしら惹かれる人を見るときの醒めた目と裏腹の人恋しさは、そういう形で繰り返された。

独身を通した養父には親が彼のために建てたアパートがあって、神木の学資もそこから生まれた。多少の遺産もある。川崎の古い家とアパートを継いだ彼は経済的な苦労を免れて、無事に大学を卒業し、出版社のデザイン室に勤めた。画家になる夢はあっさりあきらめて生活をとったのである。もっとも家に帰れば大家であったから、休日が潰れることもあった。生い立ちを考えれば幸せだが、望んだ暮らしとも言えない。胸の奥に居座る冒険心や放恣《ほうし》な夢を宥《なだ》める日々がつづいた。気散じに美術館を覗いてみたり、小説を書いてみたりもしたが、なにかが狂ってしまい、渇きを癒やすことにはならなかった。たまに同僚とゆく夜遊びなどは白けるばかりで、人と違う自分に気づくのが落ちであった。

「遊べない男だなあ」

とよく言われたが、遊び心はデザインに注《そそ》ぎ込んでいたし、女性と交歓するならそれなりに真剣な駆け引きがなくては充たされない性分であった。それなりに張り合いのある勤めと、それなりに豊かな生活を得ながら、模糊とした世間の風に吹かれている感覚が抜けない。月日が流れて、もう使い道もないかと養父の画材を片していると、自身の凡々とした生きように気づいて、雨の日に傘を買いにゆくような焦燥を覚えるのであった。

山下里子《やましたさとこ》はいかにも下町の鮨屋の娘らしい快活な女性であったから、なんとも美しい草色の着物姿で現れたときの淑《しと》やかさには誰もが目を見張った。春の庭先はまだ枯れてのどかであった。

縁側を借りて煙草を吸っていた神木は、玄関脇から庭へまわってきた女を見ると、近所の娘が挨拶にでもきたのかと思った。髪を上げた女はいつよりも瑞々《みずみず》しかった。

東京にも古い小体《こてい》な家の生き継ぐ住宅地があって、川又《かわまた》女史の家は結構な緑に囲まれている。今では贅沢な疎林や、その木の下陰《こしたかげ》にせせらぎが残るのはどうにも開発しづらい斜面のためであろう。今日は女史の新しい前途を祝う日で、同人誌の仲間が集まっていた。

「叔母のお下がりなの、一度着てみようと思って」

神木を見ると里子が言い、

「いい着物らしい、美人に見える」

彼がお愛想《あいそ》を言うそばから、

「馬子にも衣装だなあ」

「見合いでもしてきたか」

居間から男たちが立ってきて、口々に揶揄《やゆ》した。あとから女史が出てきて、冷えるからお上がりなさい、と言った。高い沓脱《くつぬ》ぎにためらう里子に、神木は手を貸した。

和室の居間には女史の手料理と酒を囲む座布団が並んでいて、男と女が交互に座るのが彼らの習いであった。固まると意見が偏りますからね、という女史のとなりにも男が座るが、男女の数が合わないときは少ない方が散ることになった。神木は自分のとなりに里子を座らせて、酒を注いでやった。

音頭取りの高梨《たかなし》が乾杯の言葉をだらだらと述べて小宴がはじまると、主役の女史が言葉を継いで抱負を語った。それは残りの人生を文筆にかけて野生の作家として暮らすというもので、いくつか文学賞を受賞しながら大学の事務職を勤め上げた人らしい、無欲な計画であった。いまさらデビューして苦労するより、自己の目標のために書いて暮らすという意味合いであろう。同人誌の仲間には説明のいらない言葉であった。

長く大学の事務員として働きながら、独学で文学を研究し、執筆もしてきた女史は同人誌の創始者でありリーダーであった。神木たちにとっては細々とつづく小冊子が発表の場で、それぞれに会社に勤めながら今もこつこつと小説を書いている。女史を強く慕う人の集まりにはそんな男女が新作を持ち寄り、近況を語らい、窮屈な実生活のストレスを発散するのだった。

「川又さんは山登りもスキーもするでしょう、そっちはどうします」

と高梨が訊いた。

「そうねえ、気が向いたら山にはゆくでしょうけど、スキーはそろそろ卒業かな、体力もお金もいるし」

「私が車で送りますよ、スキーが無理なら一緒に温泉に入りましょう」

高梨は調子のいいことを言った。去年、定年を迎えて退職した女史は独身で、身嗜《みだしな》みのよいせいか、まだ男たちの想像を掻き立てる部分があった。明け透《あす》けに物を言う高梨は彼らの代弁者になることがあったが、下心が見えすぎるために笑われもした。

大手の印刷会社に勤めて営業をしている彼も余暇に小説を書く口で、むしろそちらの方が生き甲斐だと言って憚《はばか》らなかった。書くものは気質から遠い純文学で、常に芸術性を求めて幻想に埋没することが多かった。そのくせ執筆の苦労も作家生活の不如意も知っているだけに仕事を辞める気にはなれないと言い、誰よりも汲々《きゅうきゅう》として働いている。女史は笑って、あなたに足りないのは生活費ではなく冒険心のようね、私の真似をしなくてもいいのに、とからかった。彼女が言うと嫌みにならない不思議があった。

久しぶりに顔を合わせた神木と里子は女史を質問攻めにする仲間をよそに、互いの生活を話題にしていた。区役所に勤める鮨屋の娘と、装幀を仕事にしているひとり暮らしの男の生活は食事からして違って、にぎわいと静けさを互いの顔に見ていた。鮨屋の夜は書き入れだから夕食はひとりかと訊くと、里子は見透かされた恥ずかしさからか、小さいころは夕方前にみんなで食べていたが、今はひとりだと苦笑した。やはり勤めに出ている妹の帰りが遅いせいだという。

「あなたはどうなの」

「週に五日は外食だね、それも丼物か定食が多い、五日に一度のわりで鮨屋へ行っていたら懐が持たない」

「そんなふうでいつ小説を書くの」

「休日か平日の早朝だね、たまに会社で書くこともある、五、六行だが」

「私は寝る前の三十分か一時間ね、疲れているとそれもしない、役所勤めは傍《はた》から見るより大変なのよ」

「大変なのはどこも一緒さ、みんな平気な顔で勤めながら、人に言えない悩みを抱えていたりする」

神木はくたびれた中年男のようなことを言った。仕事に馴れても、給料をもらうということはかわりになにかを犠牲にすることだと思うようになっていた。校閲者が自身の文章の間違いには気づかないように、どんな勤めの人であれ、仕事より私事に重点を置く生活は考えられなかった。それを言うと里子は笑って、生きるってことは誰かのために貴重な時間を犠牲にすることなのよ、と言ってのけた。

「いい着物だね、知的に見える」

神木ははぐらかした。このところ家ではだらだらと過ごして、書きかけの小説にも気が向かなくなっていた。

ふたりは書くものが似ていて、ありふれた日常に潜む人間らしい美醜を掘り出すというテーマも同じであったから、自ずと作品世界にリアリティがあった。似ていることが親しみになり、対抗意識にもなると、彼は自覚している心情を優先して論争を嫌った。里子が気づいているとは思えないし、あっさり告げる度胸もなかった。仕事の都合で何ヶ月も会わないことがある。それでお互いに平気なのだから、意識する間柄とも言えなかった。

昼間の酒はまわりが速く、男たちが先に酔ってくると、女たちは濡れたテーブルを拭いたり、あいた皿を片づけたりした。神木はときどき縁側へ出て、煙草を吸った。携帯灰皿に吸い殻を溜めながら、冬枯れを引きずる庭の眺めに女主人の心境を思い合わせていると、見かねた里子が灰皿代わりの空き缶を持ってきて、はい野蛮人、などと笑顔で言うものだから、彼は却って気をよくした。女史はおっとりした雰囲気の人だが、庭の荒れようはどこか異常であった。

居間では学生時代の写真アルバムが広げられていた。今日の顔触れは年齢も大学の専攻もまちまちだが、女史の人望が人を集めているのがよく分かる。なかの一枚に神木と里子も未熟な姿で写っていた。

「若いなあ、高校生が紛れ込んでる」

神木は冷やかした。女史も思いのほか若く見えて、立っている姿勢が学生たちより美しかった。

「学園祭のときかしら、うしろにいらっしゃるのは建築の小田《おだ》先生じゃなくて」

「あ、そうだ、ちゃっかり写ってやがる」

「いろいろ教えてくださって、とてもいい先生でしたよ」

「川又さんに気があったんじゃないかな」

高梨が大声で言い、誰もがうなずいた。その後まもなく小田教授は大学を去って、故郷の母校で教鞭を執ったという噂であった。

学生気分の愉しいときがゆき、女史に祝いの品を贈呈する段になると、彼らは居住まいを正した。用意されたのは、女史お気に入りのボールペンが三箱と名入りの原稿用紙であった。女史はありがたがって謝辞を述べた。

「名入りの原稿用紙となると簡単には反故《ほご》にできないわね、大切に使います」

そう言って、宝物にでも触れるように指でさすった。

そのあと寄せ書きをしようということになり、原稿用紙を一枚もらって、言い出しっぺの高梨から書きはじめた。文章を書くことに馴れている連中なので、苦もなく言葉を並べてゆくが、達筆な人はいない。里子の悪筆を見ると、神木は書道家にならなくてよかったと思った。そういう間違いは彼のまわりだけでもかなり見られるからであった。才能もなく、必死の努力をするわけでもなく、ただ文芸の世界に身を置くことに自足している彼自身も似たようなものかもしれない。最後に女史が真ん中に同人誌の名と日付を入れることになった。

「大役ねえ」

彼女は大袈裟《おおげさ》に息を整え、下ろしたてのボールペンを手に取って構えたが、そのとき急に手が小刻みに震えはじめた。震えはみるみる大きくなって、周囲の者を驚かせた。神経症のひとつで、物書きに多い書痙《しょけい》である。話し声が絶え、凝視の的になったが、まもなく彼女の手は硬直し、一息に書き上げた。そんなふうでいて誰のものより美しい字であったから、彼らは言葉をなくした。

「うまいなあ、女の年輪というやつかな」

高梨がまた馬鹿なことを言ったが、笑う人はいなかった。ただひとり女史が微笑を浮かべて、高梨くん、そういうおべんちゃらは会社の上司に言うものよ、とやったので、そちらの方に笑いが起こった。

神木は励ましや願いの籠った原稿用紙に目をあてていた。文学を支えに生きて晩年を迎えた人に、一枚の紙切れは余計ではなかったかという気がした。書痙を人目にさらすのは苦痛であったろうとも思った。これからの女史にとって同人誌が社会とのつながりになるとしても、ここへきて創作の孤独を享受した人に出任せの寄せ書きが役に立つとも思えなかった。そのことに気づかない同人たちに歯痒《はがゆ》さを覚えた。

贈呈式がすむと、女史の前途を祝う会はそろそろ幕引きであった。酒もご馳走もたっぷりいただいてお祝いもないものだが、一家に等しい彼らの訪問が女史を喜ばせたことは間違いなかった。束の間の暖が散るように帰り支度をはじめると、女史は急にそわそわして、よかったらそこの神社に参拝してゆきませんか、と誘った。すぐ脇の林の中に産土神《うぶすながみ》を祀《まつ》る神社があるのだった。午後のまだ早い時間であったから、彼らは酔い醒ましほどの気持ちで行ってみることにした。

川又家のある斜面の横道を少しゆくと急な石段が上へ延びていて、ちょっと見にもきつそうな眺めであった。途中に見える踊り場は休息のためであろうし、男の足でもどうかと思われたが、引き返すわけにもゆかない。

「こつは上を見ずにゆっくり登ること、きっとご利益《りやく》がありますよ」

女史に促されて彼らは登っていったが、困ったのは着物の里子で草履《ぞうり》の足がうまく上がらない。神木が手を貸すと、

「ああ、ジーンズでくればよかった」

泣き出しそうな顔でしがみついてきた。けれども着物の褄《つま》をとって石段を上る彼女は別人で、神木の目にはひどく色っぽく見えていた。薄い襦袢《じゅばん》だか蹴出《けだ》しが割れて足首が覗くと、水着の女性より艶《なまめ》かしいので、彼は長い石段を愉しんだ。

「こういうのも悪くないね、次は熊野神社にするか」

「雪駄《せった》を買ってから言いなさい」

悪戦苦闘しながら、口の減らないところは江戸前の女であった。

ようやく境内へ出ると、古びた神社には人影もなかったが、賽銭箱《さいせんばこ》の脇におみくじの箱があって、散銭《さんせん》を投じれば勝手に取ってよいらしかった。いきなりなにを祈願したものか、彼らは順繰りに鈴を鳴らして、ことごとしく手を合わせた。鈴の緒をとってもなにも思いつかない神木は、神妙に祈る真似をしてすました。息災も家内安全も現実みがなかったし、神を悸むほどの苦境からも遠ざかっていた。そんな人間が小説を書いて、日常生活に隠れた他者の真像を描写できるはずもなかったが、いつか書けるような気がするのだから能天気なディレッタントと言ってよかった。女史は違う。彼女の書くものには優れた観察眼を通して見える真実があるし、知らなければ書けないと思わせる描写もある。少なくとも創作の労苦そのものに満足するディレッタントではないだろう。その女史がおみくじを引くと、大吉であった。

「きっと佳いものが書けますよ」

「神木くんも頑張ってね、あなたが描く世界には新しいなにかがある、そこが大事よ」

女史はそう言ってくれたが、神木は未だに書きたいという衝迫《しょうはく》すら希薄な気がした。素材の引き出しはからっぽ同然であったし、情熱の衰退は致命傷に思われた。といって無闇に気負うわけにもゆかない。妙なときに妙な壁を見てしまったと彼は悔やんだ。

参拝はあっという間に終わり、石段を下りてゆくとき、彼はまた里子に手を貸した。上から見る石段は登ってきたときよりも急勾配に見えて、ちょっとした弾みで尻餅《しりもち》をつきそうである。彼らは口数を減らして下りていったが、途中で異変が起きた。馴れているはずの女史が踊り場でたたらを踏んでよろけたのである。山登りもする人であったから、神木はその瞬間、別の人を見ているような心地がした。女史は足首を挫《くじ》いたらしく、どうにか自力で踏みとどまると、

「おみくじは大吉だったのにねえ」

照れてそう言った。

女たちが有り合わせのもので手当てし、男たちが支えて下の道へ出ると、彼らは女史を家まで送る者と帰る者とに分かれた。

「ごめんなさい、こんなことになって、みなさんも気をつけて」

女史は帰ってゆく者にも気を遣った。だがその顔はいつもの彼女らしくなく、なんどり光るものをなくして、急に枯れたような印象であった。

里子とふたりになって私鉄の駅へ向かいながら、神木はついさっき別れてきた女史のようすが気になって、そう話した。

「そういう歳には違いないが、あの弱々しい感じは川又さんらしくない、なにかあったのだろうか」

「完璧な人はいないわ、ちょっと恥ずかしかっただけかもしれないし」

「なんでも簡単に決めつけるのはよくない」

「そうやって考えすぎるのもよくないわ」

急な石段の難儀から解放された里子は楚々とした女に還って、小股で歩いていた。古い街にしては道幅のある舗道で、ゆったりとしている。神木も女の足どりに合わせた。

「これといってはっきりしないが、なにか違うと感じることがあるだろう、今日の川又さんは明るく振る舞いながら淋しい人のように見えることが幾度かあった」

「それなら分かる、長い勤めを終えて気が抜けたこともあるでしょうし、家族のいない淋しさもあるでしょう」

「それだけか」

神木は里子の言葉を噛《か》み熟《こな》しながら、あの人がそんなことで参るだろうかと疑った。

「庭の荒れようを見ただろう、丹精して苧環《おだまき》を育てる人とは思えない」

「川又さんは本当にひとりになったのよ、でも小説があるし、晩年の淋しさを凌ぐだけのものはあるはずよ」

「どういう意味だ、生き甲斐か」

「もう時効だから話してもいいのかな」

里子はためらいながら、道端の生垣に目をやった。もう花のない山茶花《さざんか》の垣の根に小花《しょうか》が繁茂して、春の蝶がきている。連れて彼も目をやった。

「ああ見えて川又さんは発展家よ」

まもなく彼女は思い切りよくそう言った。

「私たちがまだ学生だったころ、川又さんがお鮨を食べにきたことがある、年輩の男の人と一緒で、入ってみたら偶然私の家だったのね、私は店を手伝っていて、すぐにふたりの関係を察したわ」

「恋ぐらいするだろう」

「そうね、独身の女性が男の人とお鮨を食べて悪いこともないし、でもその人が妻帯者だったら」

「知ってる人だったのか」

「小田教授よ」

神木は驚きながら、当時まだ髪も豊かで若々しかった女史を思い起こした。たしかに男好きのする容姿と気立ての人で、彼自身も性的な関心を持ったのを覚えている。健康な男に声をかけられない方がおかしいくらいであった。

「ああいうときに動揺するのは男の方ね、女は腹を括《くく》って堂々と振る舞う、食べて笑って私に口止めもしないで帰っていったわ」

「教授が大学を去ることになった原因は彼女ということか」

「たぶん、もし彼女が転職していたら、違う結果もあったでしょうから」

「川又さんが悪いとでも言いたいのか」

「いいえ、彼女は魅力的な独身女性で、恋愛に飢えていただけのような気がする」

里子は大人の交遊のなりゆきを冷静に見ていた。女史が山登りをはじめたのはそれからまもなくである。本気かどうか里子も誘われたが、足が太くなるのが嫌で断ったという。

「正解だったと思う、彼女の山登りは男の人と行くものだったらしいから、大学出入りの技師にはじまり、あとはいろいろ、この十年の相手は北原《きたはら》教授でしょう」

「どうして分かる」

「うちの上客ですもの、彼女は口止めをするかわりに私を目撃者に仕立てたの、卒業して役所に勤める女は同人誌の仲間である以上に個人情報を保護する立場にある、しかも鮨屋の娘、効果抜群よね」

「ただの山登りだとしたら」

「男と女の登山は綺麗事ではすまないでしょうね、山の麓にはロッジもホテルもあるし」

神木はなんとなく煙草を咥《くわ》えたが、火はつけなかった。川又女史に抱いていた思慕や同情の念が薄れて、間違えば嫌悪に変わりそうであった。快楽のほかに女史はなにを得たのだろうか。

「北原教授は先ごろ亡くなったと聞いたが」

「川又さんが大学を辞めてまもなく脳出血で逝ったそうね」

「もう山登りの相手はいないか」

「余生を小説にかけると宣言したのは本当でしょう、教授の死が決心させたとも考えられるし、いったん人生を清算したとも考えられる、淋しいでしょうけど、孤独に困らないほど思い出はたくさんあるはずよ」

「そんなもので生きてゆけるだろうか」

神木は煙草に火をつけた。終わったことを張り合いにして生きてゆくとしたら、そこで人生は終わったも同然だろうと思った。創作を選んだ女史はやはり強い気がした。人生の相手を見つけることに一本気な人のようでもあった。

「彼女を見ていると、その辺の主婦より女らしい人だと思う、私の母なんかつまらないことばかり覚えている、そもそも隠し事がないのよ、どっちが豊かな人生かと言えば川又さんの方でしょう、年を取って前になにもないのも怖いけど、うしろになにもなかったらもっと怖い気がする」

「それはそれで後悔の種になるかもしれない、どのみち顔を繕《つくろ》って生きてゆくしかないだろうな」

「淋しい言い方ね」

「淋しいさ、たぶん女より男の方がね、教授はあの庭で土いじりをしたんじゃないか、山へゆけない月日は長い」

「女は罪深いとでも」

「どっちもどっちさ」

彼はそんな気がした。家庭があってもなくても、分別があってもなくても、呼び合うものは呼び合う。一方が消えれば他方が記憶に縋《すが》るのは道理であった。

「川又さんの歳を生きるころ、我々になにが残っているだろうか」

「あなたと私のことなら、今こうして歩いている記憶でしょう、あなたは私よりこの着物を思い出すかもしれない」

「どうかな、男はすけべだから、着物の下を見ていたりする」

神木はいつになく里子を攫《さら》ってみたい気がして、目の端にあらわな白い首をとめていた。思うに、里子が美しいのはかつての無垢《むく》な若さに女の支度を重ねたからであった。彼は煙草を消したが、口淋しさからすぐまた咥えた。道なりに小山の裾をまわると、風が出ていた。

「冷えそうだな、奮発して車で帰ろう、よかったらホテルのバーで一杯やらないか、川又さんの話はもうよそう」

意外にも里子はあっさりうなずいた。彼女にとっても今日の出来事は長い前途を見直すきっかけになったのかもしれない。神木にも新生への壁が見えている。横道からタクシーが出てくると、彼は里子の手をとって車を呼んだ。そうして川又女史と乗り込んだときの動悸《どうき》を覚えていたが、そのあとのなりゆきはもう遠い日の幻影になっていた。またそうなっていなければ互いの今をうべなうことはできなかったであろう。

あいにく車は客を乗せていて、ふたりの前を走り去っていった。舗道は明るく、里子の着物が人目を引いたが、春が冷えてきたので彼らは寄り添いながら歩いた。他人の目には見合いのあとの散歩か、なにかしら慶事の匂う男女に見えていたかもしれない。煙草に火をつけるのを忘れて車を探す男の気持ちを知るように、里子は着物の襟元を気にしはじめた。分別らしい顔をして、なんどり冷たい風にほつれ毛をなびかせている。神木はそういう女を美しいと思い、なにからというのでもなく守ってやりたい気がした。それでいて清爽《せいそう》とは言えない、なりゆきの道であった。

疎水のある町

山の湧き水であろうか、清らかな疎水に架かる平橋を渡ると、白樺の木立の中にレストランの寄り付きが見えて、そろそろ外灯の点るころであった。車の走る通りから離れてひっそりと建つレストランは、隠れ家の風情である。約束の時間より早く着いたので、神木は引き返して疎水を巡ってみた。浅い流れに沿って曲がる道を少し歩くと、木の間《こま》の向こうは果たして稲田で、刈り入れの季節のようであった。十月十日の紅葉を観光客に保証するだけあって、町の山はもう色づきかけている。

神木がこの静かな町に泊まるのは二年ぶりのことで、秋口の訪問は初めてであった。会社の先輩にスキーに誘われてやってきたのが最初で、二度目からはひとりであった。スキーよりも景色に惹かれていたし、気儘《きまま》にスケッチをするにはひとりがよかった。コンテ一本で事足りる雑なスケッチを人に見られたくないこともあった。そんな旅の愉しみは食事であり、人との巡り合いであったから、観光案内にもない小さなレストランを知ることになった。

「東京なら二流かもしれませんが、ここでは一流ですよ」

定宿にしているロッジの主人に教えられて行ってみると、こぢんまりとしたビストロ風の雰囲気がよく、シェフの腕も食材も悪くなかった。店員はオーナーシェフとその夫人のふたりきりで、なんとなく暖かい。カウンターの前の鉄板で焼いてくれるのは、小さなステーキや魚の切り身であった。常のお勧めは厚いハンバーグステーキで、モヤシ炒めと目玉焼きが添えられる。神木も一度食べてから味付けが好きになり、以来メニューを見なくなっていた。ひとりの酒の摘まみにしていると、さりげなく山菜の塩漬けや山葵《わさび》が出てくるのもありがたかった。

「モヤシがやけに美味しいですね、特別なものですか」

「いや、山の水で洗うだけですよ」

シェフは気さくな人で、蘊蓄《うんちく》などいっさい垂れないところに店の居心地があった。飲物の係の夫人は始終笑顔であった。

あるとき、となりで同じ酒を飲み、同じものを食べている女性がいたので、神木は話しかけてみた。

「誰が言い出したのか、目玉焼きとは残酷な呼び方ですね、そう思いませんか」

「和食には踊り食いなんてのもあります、魚の目を見ただけでぞっとする外国人もいるというのに、文化の違いかしら」

「ご旅行ですか」

「いいえ、近くの町に住んでいます、ときどきこうしてひとりの時間を愉しむのが私の贅沢です、東京の方ですね、避暑ですか」

「というか、たまに仕事を忘れて、こうしてぶらぶらするのが私の贅沢です」

「そちらが本当の贅沢ですね」

同年輩の女はいける口で、独身らしく目元を飾っていたが、はぐれているというふうでもなかった。頭の回転が速く、相手を見て話す言葉も適当であった。神木は女のために飲物をお代わりして、よかったら二、三杯つきあってくれませんかと言っていた。夏のことで、帰省する家もない彼が出かけてきたのは本当に気紛れであったから、土地の女性と知り合うことは幸運であった。直感で、よい夕べになるだろうと思った。

当たり障りのない話題からはじめて興に乗ってくると、彼は東京の生活や仕事のことなどを話した。

「本の装幀って、そんな仕事があるのも知りませんでした」

女は正直に言った。

「じゃあ誰が作ると思っていたの」

「出版社の誰か分からない人」

「その誰か分からない人が大きな出版社には何人もいてね、文芸作品から雑誌までデザインする、本は次から次へと出るからそれは忙しい」

「才能がないとできませんね」

そういう彼女は精密機器の工場に勤めて毎日決まりきったことをしているという話であった。神木がしょうもない身の上を明るく話してみたのは、都会の恵まれた男に見られたくないからであった。女は黙って聞き終えてから、私も似たようなものです、と笑った。

神木はその先を訊ねなかった。かわりにもう一度会って、今度はテーブルに向き合えたらと願った。

「つづきは明日の夕食のために取っておきたいのですが、どうでしょう、こられますか」

「ええ、たぶん」

「では待っています、きてくれたら好きなものをご馳走しますよ、それにカンパリも」

その夜、ロッジの部屋で、彼は女の顔を思い出しながらスケッチブックに素描し、思いついて裏に連絡先を記し、次の日それを丸めて持って出かけた。コンテのタッチは女の特徴をとらえていたが、作品とは言えない。半端な夢のデッサンである。それでいて眺めていたいものにはなっていた。そんな絵が世の中にはごまんとありながら、大家《たいか》の落書きよりも下に見られて消えてゆくのであった。画壇に嫌われた養父に言わせると、凡人には理解しがたいものを芸術といい、見識ぶった世間知らずには味わいようのない芸術を通俗というのであったが、神木は最早《もはや》そのどちらにも属していなかった。いわゆる好事家《こうずか》にすぎない。知り合った女を描いて、似ていればそこそこ充たされるのだから、描くという作業を愉しんでいるだけかもしれなかった。

夕方、レストランで待っていると、女がやってきたので、彼は壁際のテーブル席へ誘った。心なしか前日よりしっとりした感じであったから、女の顔を見た瞬間に絵が違ってしまったと思った。目元の化粧がまったく違うし、唇もおとなしかった。

「昨日と雰囲気が違いますね」

「昨日の方がよかったということですか」

「いや、今日の方がずっと素敵です」

それは本当で、いっぺんに清楚な人になれるのも女性らしいことであった。彼女にはいたずら心もあるらしかった。

「仕事はお休みですか」

「お盆休みです」

「あ、そうでした、私もです」

神木が間の抜けたことを言ったので、女は口をあけて笑ったが、声は立てなかった。注文を待っていた店の夫人も笑っているのが見えて、思いがけずよい雰囲気が生まれると彼は豊かな夕べを予感した。

食事は少しあとにすることにして、彼らはカンパリとオードブルをもらった。シェフの作るオードブルは美しく、モミジをあしらうことで絵になっていた。下手な画家の筆より非凡であった。

「ここへは何度もきていますけど、これは初めて、ひとりでは身に過ぎる気がして頼めませんでした」

彼女は言った。

「これはなにかな、さあ食べましょう」

神木はくつろいだ雰囲気を作るために率先した。彼が手摑みにしたのはブルーベリーのカナッペであった。すると女も同じものを口にした。

客はまだ彼らだけで、酒が入ると、女の笑う声が店の中を漂った。神木は意識しておもしろいことを言えない質《たち》であったが、それなりに努めていた。女に最も受けたのは仕事の失敗談であった。

「奥付の書名の漢字を間違えてしまって、気がついたときには印刷にまわっていました」

「それでどうしたの」

「増刷になるまで誰も気づかないことを祈りましたね、永遠の永の字が氷でしたから本当に寒気がしました、しかし校閲者も編集者も気づかなかったということは私ひとりの責任ではないわけですから、そんな逃げ口上を考えたりね、ところが見本が上がってきた日に早速ばれてしまった、悪いことはできないものです」

「文字のデザインもするのですね」

「そうです、カバーに本体の表紙、扉に目次に帯に参考文献、紙の選択から栞《しおり》の色までデザイナーの仕事です」

「本はよく買いますが、ちっとも知りませんでした」

「どんな本を読みます」

女は少し考えてから、女流の恋愛小説が多いですねと言った。男性作家の書く女性には違和感があるとも言った。

「まあ男は都合よく女性を見ますからね」

神木は言ってしまってから、それは自分のことかと思った。昨日知り合ったばかりの女と酒を飲んでいるのはやはり惹かれるものがあるからで、心の底に隠していることもあるのだった。

「ワインをもらってもいいですか」

そのとき女が言い、神木は好みを訊いて夫人に伝えた。それほど種類はないのだが、夫人が運んでくると選び抜かれたものに見えるから不思議であった。

やがてぽつぽつと客が入ってくると、ふたりの空間は却って密になってワインがすすんだ。

話すことは互いの仕事のことか土地のことであったが、愉しい語らいがつづいた。神木の目に、微笑を絶やさなくなった女は新鮮な会話や解放感に酔っているように見えていた。しばらくして彼が持参したデッサンを広げると、

「これ、あなたが描いたの」

彼女は目を見開いた。当人のいないところでその人を描ける記憶力や技術が信じられないのだった。

「もちろん私です、連れはいません」

神木は気をよくした。

「すごい才能ですね、昨日の私を見ているようです」

「そこまで誉められると恥ずかしい、美大の学生よりはましという程度ですよ、裏に証拠のサインをしておきました」

「なんて読むのかしら」

「こうのぎ、ひさしです、あなたは?」

「吉村清美《よしむらきよみ》です」

ずいぶん話し込んでから、雰囲気にぴったりの名前に出会うと神木はなぜとなく嬉しかった。小さな幸先《さいさき》を感じた。女がそこはかとなく匂い立ってきたし、彼の中で実体を持ちはじめた瞬間であった。

「清美ちゃんか、いい響きですね」

「ちゃん、はやめてください、会社でもそう呼ぶ人がいますが、そんな歳でもないし」

彼女は恥じらいながらはっきり言った。それからまたデッサンに見入った。神木は今日なら違う顔になったと説明しかけて、女の耳たぶが赤くなっているのに気づいた。福耳で、ピアスの跡もないのが美しかった。

酒のあと、結局彼らはハンバーグステーキを食べてレストランを出た。夫人に車を呼んでもらい、表通りで待つ間に神木はロッジへ誘ってみた。繁華街などない避暑地のことでゆくあてもなかったから、コーヒーでもどうかと口からは間の抜けた言葉が出ていた。

清美は彼の泊まるロッジを知っていて、たしか喫茶室は八時まででしょう、途中に小さなホテルがありますと言った。それが彼女の返事であった。車がくると、彼女は先に乗り込んで運転手にそのホテルを告げた。神木はじきに気づいたが、横道へ逸れるホテルであった。

「すぐです」

そう言ったきり、清美は運転手が気になるのか顔を伏せていた。ずいぶん大胆なことをすると思いながら、心証を害したというのでもなく、神木はまだ自分の知らない女を確かめにゆくような気持ちであった。密かに期待したなりゆきでもあった。するうち車は横道へ折れて、砂利を踏みながらのろのろと走っていった。

長い月日を挟んで男と女が会うことに理由がいるとしたら、神木の場合は人恋しさということになろうか。漠とした孤独を抱える人はどこにでもいて、友の会を結成するほど強くもないから一度の偶然を大切にする。彼は二年ぶりに清美に会いにきている自分をそんなふうに認めていたし、それは彼女も同じであろうと思った。

疎水の向こうに外灯が点って、車を拒む寄り付きを歩いてゆくと、自動でもないのにドアがあいて、

「みえていらっしゃいますよ」

と夫人が言った。久しぶりの笑顔が老けて見えるのはお互いさまであったが、神木は初めて夫人の年ゆきを知った気がした。以前はシェフより二つ三つ年下に見えた人が、今は姉さん女房の風情であった。店の中もほどよく老けて、カウンターや壁の退色が味わいになっていた。壁際のテーブル席からこちらを見ている清美はさして変わらない若さで、秋の装いだけが地味であった。

「やあ、しばらく」

彼は向かいの椅子にかけて、待ちに待ったというのでもない目顔の挨拶を交わした。ビールをもらっていた清美がすかさず、どうぞ、と酌をした。それですっかり分かる二年のはずであった。

「この前より老けたでしょう」

「いや、君は変わらない、なにか秘訣でもあるなら教えてほしい」

「お世辞が上手くなったわねえ、意地悪な世間に揉まれたのかしら」

「よく分かるね、もうくたくたさ、東京の一年はここの三年分にもなるかもしれない」

神木はふざけて言ったまでであったが、三年という言葉に清美が反応した。

「それを言うなら、ここの三年を味わうべきね、変化のない暮らしに染まっていると、きれいな空気と水が毒にもなるのだから」

小声でそう言いながら、彼女も男の反応を見ていた。

「なにかあったようだが、いきなり真剣な話は疲れる、あとで聞くから愉しくやろう」

「そうね」

「さっき疎水の道を歩いてみたら、見事な稲田があって驚いた、こんな高地でも米を作れるんだね」

「人間はほしいとなればなんでも工夫して手に入れるわ、そのうち海の魚の養殖場ができるかもしれない」

「海の町から仕入れた方が安上がりだね、ここから東京へ山葵を出荷するのと同じことだろう」

「ただ言ってみただけです、鮭のムニエルをもらいましょうか、それとワインも」

「いいね」

優しい言葉尻から二年の空白が色づき、いつもの情趣へ還ってゆくと、彼らは幾度目かの偶然のつづきを愉しみはじめた。離れていた日々を握りつぶす気持ちと、自然に合わさる肌があれば、それで充たされる関係であった。どちらも相手を虜《とりこ》にしようとしたことはなかった。東京でそれをすると遊びと呼ばれることが、ふたりの間では癒《い》やしになるのだから、相性の力も働いていたかもしれない。

神木が疲れているのは窮屈な社会と過労のためで、孤独はまた別のものであった。逃れるための結婚を考えないわけではないが、なぜか結婚願望の希薄な女性と知り合い、熱愛には至らずに終わってきた。一歩引いて見る癖が災いすることもあった。

「あなたは優しいだけね」

と言って去っていった女がいる。なにが足りないのかは言わずもがなの目顔であったから、女が後足で砂をかけた部分は彼にも分からなかった。黙って別れてやる優しさは間違えば薄情ととられたし、なにを考えているのか分からない人ということにもなった。

清美と知り合ったとき、彼はそれまでとは違う女性を感じた。家庭の匂いのしないのはほかの女性と同じであったが、はっきり物を言うし、見た目より潔いところがあった。相手を観察する醒めた目の裏に人恋しさが見え隠れするのは神木と同じで、分かり合える気がした。自分と同じ人間と暮らすのは厄介だと思うが、少し遠いところへ目標をおけばなんとなくその方向へ流れてゆくのではないかと考え、会えるときに会い、心の流れを確かめてゆこうと思った。そのことを清美に話したことはないが、分かっているふうに見えるのが彼女であった。

「いつまでいられるの」

と訊くかわりに「いつ帰るの」と訊く女には束の間の喜びを逆算している節があった。

「そうだな、今夜決めよう」

神木ははぐらかした。会ったばかりでする話でもなかったし、女をがっかりさせたくもなかった。

「会社を休めないのよ、分かるでしょう」

彼女は言った。

「退社するまで待つよ、いっそ会社の前で待っていようか」

「悪い冗談ね、そんなことをしたら会社を辞めなければならないわ」

「どうして」

「小さな世間ですもの、東京の街角のようにはゆかないわ」

「じゃあ君が東京へくればいい、つきあっている人だって触れてまわるよ」

清美は笑わなかった。かわりにグラスを傾けて、濡れた唇を嘗めるのは、不都合を示すときの仕草であった。物理的にも精神的にも東京へ遊びにゆく余裕のないことは神木も知るようになっていたが、田舎の女には田舎の女の生活があるから、というほかにはっきりしたことは分かっていなかった。

　言葉の途切れたときにバターの香るムニエルを運んできた夫人が、熱いから気をつけてください と言った。よい間合いのサービスで、神木はワインを薄めるために氷をもらった。清美の飲み方が早いからであった。

「美味そうだ、さあいただこう」

「まだ熱いわよ」

　そう言いながら、清美はフォークを摑んでいた。皿の端にマッシュドポテトが載っていて、そちらから片づけるつもりらしかった。

「ところで、秋の行楽シーズンには地元の人も山登りをするのかな」

「茸《きのこ》や木の実を採りに入るわ、商売よ」

「君も行ったりするの」

「子供のころには行ったけど、大人になってからは行かないわねえ、勧めもあるし」

「今度ふたりで行ってみようか」

「来月よ、無理でしょう、それに道に迷ったら大変なことになる」

「じゃあスケッチに行こう」

「どうしたの、急に」

　神木は苦笑して、気紛れだが、なにか愉しいことをしたくなったと話した。東京にいてはできないことを清美とふたりで愉しむことができたら、明るい岐路が見えてくるかもしれない、秋晴れの美しい一日は最適だろうと思った。普段着の女も見てみたかった。

「秋空の下のデートも悪くないと思うがな」

「来月は私の方が無理なの、いろいろあって忙しいから」

「そうか、まあ君が無理なら仕方がない」

「それより今日を愉しみましょうよ」

それは最初に神木が言ったことで、話が逆さまであった。ちぐはぐな感じはちょっとした言葉のやりとりに表れて、小さな混乱を起こした。清美はぽつぽつと入ってくる客を気にして、いちいち目をやったし、それに気づかない神木でもなかった。

ワインのボトルがあきそうになると、彼らはハンバーグステーキを頼んでグラスワインをもらった。夫人は相変わらず笑顔で、その顔のまま眠るのではないかと思わせるほど福々しかった。こんな人もいるのかと感心しながら清美に目を戻すと、いつのまにか煙草を咥《くわ》えていた。

「真似事です、味も分からないけど気晴らしになるので」

訊く前に彼女は言いわけした。

「私にも一本くれないか、持ってくるのを忘れた」

「うそ、シャツのポケットに見えてるわ」

清美が初めて彼女らしく笑うのを、神木は懐かしい気持ちで眺めながら、あまり吸いたくもない煙草を取り出して火をつけた。

「社内禁煙のお達しがあってね、狭い喫煙所でしか吸えなくなったが、そこが社員の社交場になっている、管理職もいれば女性もいるし、社員食堂のおばちゃんまでくるから無礼講状態さ、しかもそこで新しい企画が生まれたりする、おかしいだろ」

「精密機器の工場ではそれも許されない、みんな休み時間に外で吸うのよ、それなのに煙草の販売機がある、おかしいでしょ」

「世の中は矛盾だらけだね、仕事をしたことのない教師が社会を教える」

「世間知らずの学者が偉そうに文化の違いをのたまう」

「家族のために働きながら家庭を壊す男もいれば、好きな女を守るために一生を棒に振る男もいるね」

「あなたはどっち」

「今のところ、どっちでもない、なにか話があるのだろう、そろそろ聞こうか」

潮時とみて神木は明るく水を向けたが、もう少し飲んでからにしましょう、と清美は話題を逸らした。表通りの道端にコインランドリーができたのを見たか、と彼女は出し抜けに訊いた。神木は見ていたが、興味もなかった。ああいう建物はこの町の景色にふさわしくないと言うと、清美はうなずいて、話はそれきりになってしまった。

落ち着かない食事のあと、彼女は重い口をひらいた。切り出したのは神木がうすうす予感していたことであった。

「実はもうすぐ主人が帰ってきます、二年半ぶりです、お金を貯めるために世界を巡る貨物船に乗っているのです、いつかこの町に家を建てて、あの山のてっぺんに喫茶店を出すのが彼の夢です、最初は素敵な夢だと思いましたが、三年、五年と経つうちになんのために結婚したのか分からなくなりました、考えてみれば家が建つころには私はおばあさんでしょうし、山のてっぺんで働けるとも思えません、でも主人はそれだけを支えに危ない船に乗っているのです」

その言い方が神妙だったので、神木は腹も立たなかった。どんな現実も受け入れて、とにかく今日を生きる。彼は根っからそういう人間であった。

「今度はひと月近い休暇があるので、いろいろ話せるでしょう、ただあなたのことまで話す勇気が私にはありません」

「話すことはないさ、たぶんご主人もどこかで似たようなことをしている」

「夫婦のことはなにをしても折り合いがつきます、私が黙っていればそのまま流れてゆくでしょうし」

「私のことなら貧乏籤《びんぼうくじ》には馴れているから気にしなくていい、虚しいのはお互いさまだ」

神木は煙草を咥えて、溜息のかわりに吹かした。今さらどうにもならないことであったし、覚悟して白状した女を攫《さら》いたくなるほど深入りもしていなかった。距離を置いてきたのは彼の方の都合でもあった。

「いつも愉しい方を選んで堂々と生きてゆけたら、どんなにいいかと思います」

「みんなそう思っている、出よう」

彼は言い、うつむいている清美を促した。

いつものように車を呼んでもらい、レストランを出ると、外はもう初冬を思わせる冷え込みであった。足下が暗いので疎水を渡るとき、神木は清美を支えた。表通りへ向かう間にも体が冷えて、彼は上着の襟を立てた。気儘な旅もスケッチも終わりか。そう頭の端で思いながら、女に優しくせずにはいられなかった。放恣《ほうし》な歓びを覚えながら、疎遠な夫のもとへ還ってゆく清美の方が哀れではないかと思った。ふたりして最後の夜を過ごすことに意味があるとも思えないが、これから車に乗って、ホテルへ運ばれ、いつもと同じことをするしかないらしかった。明日の朝、彼は東京へ帰ることになるだろう。それまでの仲であった。

「ごめんなさい」

「気にするな、平気だから」

彼は女の腰に手をまわして、優しい男のまま別れようとしていた。人の人生まで捩《ね》じ曲《ま》げるような乱暴は好まなくなっていた。まもなくしてライトを点けた車が向かってくるのを、女も彼の胸に顔をうずめてじっと見ていた。澄み切った夜気のせいであろうか、神木の耳にそのとき初めて疎水の音が聞こえてきた。

雪ノ下

土曜日の午後、装幀に使う絵の写真を撮るために編集者と鎌倉へ出かけた神木は、仕事を終えると、日本画に疲れた目を洗いたくなって洋《よう》の香るレストランに入った。美しいが、圧倒する力に欠ける静かな絵に浸りすぎると、つい情《じょう》の世界に引きずられるのであった。連れの三谷《みたに》は審美眼の怪しい男で、権威の評価や解説の通りに絵を見る。作家の原稿と向き合うときの厳しさはない。素直に名画を名画として鑑賞するかわり、無名の写真家の小品にもある深さには気づかない。よく彼と組んで本を作る神木はそんな男の装幀案を好まなかったが、編集者の意向に従うのがデザイナーの仕事であったから不満を溜め込むことにもなった。

「時代小説だから挿絵か日本画の装幀というのは安直すぎませんか」

年下の男の機嫌をとりながら、そう言ったこともあったが、編集者につきまとう固定観念と本作りの定石を崩すことはできなかった。言われるままに注文を熟《こな》すのが歯車というものであった。

休日のレストランのテーブルに落ち着くと、彼らはビールをもらった。鎌倉らしい品のある店で、窓から小町《こまち》通りが見える。あたりは雪ノ下といって、鎌倉時代の雪の日にはじまる地名とも、鎌倉の谷《やつ》に多い草の名であろうとみる人もいて、いずれにしろ風趣である。そこに用の足りるだけの家を建てて、江戸や明治を偲ぶ画生活を送った画家の土地に対する情も見え隠れする。むかしの鎌倉は江戸の蜃気楼《しんきろう》であったと追懐する画家も、その暮らしぶりも日本画であったから、そうした清さから遠い神木は食傷した。

「いやあ、お疲れさまでしたあ」

と強引に連れ出した三谷が労《ねぎら》った。休日返上の仕事ということもあって、彼は撮影を終えたらさっと引き揚げるつもりでいたのだったが、終わってみると結構な時間が経っていた。

画家はすでに鬼籍の人で、彼らが訪ねたのは遺族であった。古い家には売却を免れた作品が保管されていて、いろいろ見せてもらえることになり、思いがけず長居をしたのだった。画家は挿絵からはじめて日本画に転じた人であったから、小品がいくらもある。神木はどちらかといえば挿絵の方を愉しんだ。物語を背負う分だけ人物が生き生きとしているからであった。中に名を馳せた名画の下絵があって、挿絵画家らしい構図であった。今度の本のカバーはこれでもよいのではないかと彼は思ったが、三谷にあえて下絵を使うほどの冒険心のないことも分かっていた。

「正直、日本画は疲れるね、繊細さを押しつけられるせいかな、好意で出してくれるものを真剣に見ないわけにもゆかないし」

乾杯のあと、神木は本音を洩らした。人が違えば貴重な眼福の時間であったが、彼には歓楽のほかであった。

「あんなにあるとは思いませんでしたね、しかし鏡花《きょうか》と組んだ挿絵はよかったですよ」

三谷も見るべきところは見ていたらしく、

「所作がなんとも言えずいいです」

と言った。

「今の挿絵画家にはちょっと無理だろうな」

「残念ですが、そうですね、ああいう情趣を体感していないわけですから」

「いっそ古い挿絵から学べばいい」

「それと時代考証ですね、クリームコロッケでも食べませんか」

訪問の緊張がとけると、三谷は無邪気なことを言ってウェイトレスを呼んだ。夕食にはまだ早い時間のレストランは混んでいるというほどでもなく、行楽の客がやはりビールやコーヒーを飲んでいた。雪ノ下の住人であろうか、お喋りを愉しむ老夫婦の姿もある。神木は見るともなしに目を遊ばせて、どこにでもありそうな壁の油絵や造花を眺めるうちに睦まじい姿の男女にゆきあたった。彼の席からは横顔が見えて、微笑ましい光景であったから、つい見入った。ところが、その数秒あとであったか、不意に立ち上がった女性と視線がゆきあうと、彼の息はたわいなくとまって、さあっと古い風が胸の中を吹き渡るようであった。

神木が四十の坂へ差しかかるころ、デザイン室の上司に定年を迎える人がいて、社の近くの料理屋でささやかな送別会があった。送別の日はその人の誕生日でもあり、小さなケーキが用意されたが、酒飲みばかりの顔触れのせいか、飲むうちにケーキは忘れ去られて大宴会になってしまった。そんなときに気がまわるのはやはり女性で、飛び入り参加の及川《おいかわ》早苗《さなえ》が気づいた。デザイン室から巣立ったフリーの女流装幀家は、去ってゆく男の愛弟子のような存在であった。

会が終わり散るときの淋しさは主役のものとは限らない。ケーキの箱を持って追いかけた女が転んで、神木が手を貸すと、彼女は自分のことよりケーキが崩れたのではないかと案じた。かわりに神木が追いかけてケーキを手渡したが、戻るとガードレールに腰かけた女が顔を腫らして血を流していた。見ると手も足も擦《す》り剝《む》いている。

「これはひどい、大丈夫ですか、どこかで手当をしましょう」

神木は言ったが、夜の巷のことで、そんな場所も用意もなかった。仕方なく料理屋へ引き返して女将《おかみ》の厚意に甘えることにし、なんとか手当を終えると、女は脱力したように言った。

「私、ひどい顔してません」

「いや、それほどでも」

「さっき、ひどいって言ったじゃない」

「血が服に飛び散っていたから」

神木は自棄《やけ》を起こしそうな女を宥《なだ》めた。酒が入っていたので顔の血が完全には止まっていなかったし、鏡を見ようとしない女も醜態を自覚しているらしかった。

「この借りは返しますから、家まで送ってくださらない」

彼女は言った。

「こんな格好で歩いていたら変な目で見られるでしょう、優しい保護者になって」

「いいですよ、ただし貸し借りはなしです」

なりゆきから神木は仕方なく引き受けたが、いざ帰るとなると彼女の家は遠く、和光市の私鉄の駅からタクシーに乗って家に着くころには日付が変わっていた。家は古びた一軒家で、

「こんなところで仕事になりますか」

彼が最初に感じたのは女の危なっかしいひとり暮らしであった。玄関のドアは外れそうだし、郵便受けは錆びついている。ところが中は別世界で、どこかの洒落《しゃれ》たオフィスか社長室のよう

に整っていた。

「装幀の作業って結構音が出るでしょう、ここならとなりに気を遣わなくてすむのよ、お風呂を沸かすから一杯やりましょう」

女は機嫌を直していた。神木が帰れなくなることは計算済みだったらしく、そうしたことにも馴れているふうであった。灰皿がいくつもあるし、男の足にぴったりのスリッパもある。それでいて、おいそれと体は許さないわよ、といった雰囲気が清潔な家に漂っていた。ゆったりとした内着に着替えると、女は豊かな体の線をあらわにした。

「水割りでいい」

酒の入ったグラスを運んできてから、そう訊くあたりは主導的であった。そのときの神木は女より疲れていたかもしれない。一杯飲むと眠くなって、彼女が風呂に入っている間にソファに横たわると、そのまま寝入ってしまった。

朝方目覚めると、彼は下だけパジャマを着て、足は裸足で、二重の毛布の中にいた。出社する気にもなれなかったが、支度をしていると、どこからか女が出てきて、

「ゆっくりしてていいわよ、御飯を食べたら車で駅まで送るから」

青痣《あおあざ》の顔でそう言った。

「朝から元気だね、回復力が頭抜《ずぬ》けているらしい」

「朝から皮肉を言うと男を下げるわよ」

それが縁のはじまりで、彼らはときどき東京で会うようになり、共通の仕事である装幀の話をしたり、酒を酌んだりした。同じデザイン室にいた時期は短く、ほとんど口もきかなかったので、お互いに新鮮な関係でいられた。そのうち神木は男と女が逆であることに気づいた。

若くして独立するだけあって早苗は気持ちが強く、いずれは才能を募って事務所を開く夢を持っていた。月給とアパートの収入で平凡な暮らしをつづけている神木とは気概が違う。女の夢を聞くのは愉しく、一方で考えさせられた。自分にもあった冒険心、お堅い仕事への不満、老朽化したアパート、なんの役にも立たない孤独と考えてゆくと、のんびりしている暇がないのは自分の方であった。

装幀家として及川早苗という名はまだ売れていなかったが、出版社の社員である神木よりも自由で、大胆な発想をよくした。一件いくらと相場の決まっている仕事なので、数をこなすことが収入に直結するが、ひとりの力には限度がある。そんな中でも彼女は自分を出したし、依頼主の編集者を情熱的に説得することもあった。それはやろうと思えば神木にもできることであったから、弱い立場の女に一歩も二歩も先んじられた気がした。

「今度、君の仕事場を見せてもらえないか」

「いいけど、会社のデザイン室と違うのはプリンターだけよ」

「そんなはずはない、道具は同じでも生まれるものが違うのだから」

ふたりが男と女になってゆく過程にはどこかに仕事が絡んで、それを切り離すと間が抜けてしまうようなところがあった。バーであれホテルであれ、話すことは目につくものの美醜であり、熱が入ると言葉の尽きるまで論戦を繰り広げた。その勢いのまま体を合わせるのも彼らの偏屈なところで、互いをいたぶるような性愛のうちにも陶酔を味わうのであった。

「あなたといると疲れる、それなのになんかおもしろい」

「お互いさまさ、君は男女《おとこおんな》らしい」

「誉めてるのね」

そういう女を神木は貴重な装幀仲間として見ていた。少なくともありきたりなデザインは眼中にないだろうと思っていた。

装幀家にも名を売るきっかけがあって、手がけた本がベストセラーになると、その美醜に関わりなく出版社が飛びつく。あるとき早苗の仕事が注目を浴びると、神木は拍手を送りながら、失望もした。目立つだけで美しいとは言えないからであった。お祝いの席で口にすると口論になった。

「書店では目を引くが、家では見ていたくない本だな、目障りで書類の重しにもなりゃしない」

「本を守るためのカバーじゃないのよ、売れて日の目の仕事でしょう」

「いつから仕立屋になった」

「よく言うわ、自分も同じことをしているくせに、素直に降参したらどうなの」

「もっと高いところを見ろよ、たかが本のカバーだが、その本自体が造形美術だよ、工芸品と言ってもいい」

神木は編集者や営業畑の人には言えないことを言っていて、それの分からない女ではないからいっそう腹が立った。世界には眺めているだけで充たされる美しい本がいくらもあって、読めなくても求める人がいる。胸底に理想の本を持たなくてなにが装幀家だと言ってしまうと、言葉はさらに激しくなった。

「あの本はいずれ君の汚名に変わる、次の仕事にすべてをかけろ、さもないと一気に成り下がるぞ」

「お言葉ですが、仕事の依頼は山ほどきています、断るのに苦労するくらい、それに私は手抜きはしません」

「デザインは結果だよ、手抜きをしなくても嫌われたら終わりだ、といって編集者の言いなりになっていたら佳いものなどできるはずがない、自分の名前は自分で守るしかないのがフリーだろう」

「ありがたいご忠告、ありがとう」

早苗は反抗的な口ほど舞い上がってはいなかったが、事務所を開設する夢を引き寄せていて、多忙を極めることは見えていた。神木が案じた思い上がりや錯覚とは別に資金繰りのために数をこなすはずであったから、粗製濫造という事態も考えられた。けれどもそれ以上の忠告は上昇気流の見えている女の運に水を差すようなもので、ためらわれた。

「心配しないで、うまくやるから」

鬱々《うつうつ》とした深酒のあと、その日もゆくころになって彼女は言った。神木は嫌な汗を掻いていた。

ふたりの間に終わりが見えてきたのは、その後も早苗が売れて、神木が逆に躓《つまず》きかけていたころである。なにをしても気合が入らず、凡庸にまとめる仕事を繰り返していながら、なにも言われないという会社らしいぬるま湯に彼は浸《つ》かっていた。皮肉なことに早苗は絶好調で、会う時間の遣り繰りもできない忙しさであった。

女の仕事を気にかけながら、神木はひとりで飲むようになり、真剣に転職を考えたりもした。創造的な仕事を愉しめなくなったときから、それはもう限界ということであったから、どこか新しい世界で敗残者らしくひっそり生きてゆけたら、またなにかに出会うだろうなどと思った。しかし会社へゆけば仕事が待っていたし、できる人の数に入っていたこともあって曖昧に流されていった。するうちお別れの儀式もしないままふたりは離れてゆき、どちらがどちらを嫌ったというのでもなく、互いを遠くに見る生活に沈んだ。

やがて彼は早苗が結婚したと聞いたが、それは誤報で、和光市の仕事場を畳んで一家を構えたということらしかった。挨拶の葉書一枚こなかったので、放っておくと、しばらくして引き抜きのお誘いがきた。

「一緒に仕事をしてみませんか、年収はご相談、美しい本を作りましょう」

彼はそそられたが、女の側の都合も見えてきて、長くはつづくまいと思った。それまでの空白をどう考えればよいのか分からなかったし、うまくやるからと言ったときの早苗は自分を当てにしていなかったとも思った。仕事に対する考え方も違った。

返事を出さないことが返事になって、歳月が流れてみると、十日に一度の追懐が年に一度の追懐になってゆくのも自然なことであった。彼は早苗を恨みもしないかわり、縒《よ》りを戻したいとも思っていなかった。たぶん彼女も同じだろうと思うのは、月日の風に揉まれて枯れてきたせいかもしれなかった。

家にひとりでいるとき、彼は古書市で見つけた端整な洋書を愛《め》でながら、

「情なんてものは見せかけのお澄ましさ」

そんなことを言ったり、吐いたりした。

鎌倉から帰った日の夜おそく、早苗から電話があって、彼らは次の土曜日に雪ノ下のレストランで落ち合った。日を置かずに連絡してきたのは先へ先へと急ぐ女の都合であろうと思いながら、神木は久しぶりの語らいと女の今に興味があった。その顔を見てしまったことで、なにかしらわけもなく押し寄せてくるものがあった。

午後のレストランは一週間前と同じようすで、向き合う相手が違うだけであった。早苗は以前より和らいだ感じで、清楚な薄着の胸にか細いネックレスを垂らしていた。窓の外は晩夏の陽だまりであった。

「よくきてくれたわね、すっぽかされるかと思っていたわ」

「ご挨拶だね、まあ君らしい」

茶飲み話などしたことのない仲であったから、神木は冷えたボトルワインをもらい、早苗にもすすめた。

「素敵なボトルね、ボルドーかしら」

「どこのでもいいさ」

「デザインのヒントになるわ、なんでも真剣に見なさいって言ったのはあなたよ」

鎌倉の谷にアトリエを構えて、精力的に仕事をしている女は人間にも余裕ができたとみえて、言うことが大人らしくなっていた。今はアシスタントのいる身分であった。

「それで仕事はどう」

「順調よ、あなたの忠告を守っているわ」

「嘘だな、先月のアンソロジーの装幀は見苦しかった、及川早苗の名が泣くよ」

「あんなものまでお目にとまりましたか」

早苗は苦笑しながら、でも嬉しい、ととぼけた口調で言った。出し抜けに電話をかけてきたときの彼女はとにかく会いましょうの一点張りで、不義理もへちまもない感じであったから、今日はいくらか気取っているのかと神木は思った。会ってしまえばどうということもない女の顔を見つめていると、

「鎌倉はいいわよ」

彼女は話題をすり替えた。

「むかしからの森が残るし、芸術家がたくさんいて刺激になるし、歴史も新しさもある」

「気味の悪い寺もある、霊がうようよいる気がするね」

「意地悪ねえ、ひょっとしてまだ怒っているのかしら」

「いや、それはまったくない、ただどうしてか君を見ると闘いたくなる、負け組のジェラシーってやつかな」

「高給取りがなにをおっしゃいますか」

早苗はいたずらな目で笑った。たしかにフリーの生計に比べれば恵まれた年収だが、思い切ったことをする自由も逆転もない勤めであった。女の熟《う》れた笑いには皮肉も含まれていて、裏を返せばフリーの覚束《おぼつか》なさを匂わせたのであった。独立して名が売れても、一切合切《いっさいがっさい》が自前の商売にはきついときもあるのだろう、と神木は思い巡らした。

「和光を出たあと、手紙を出したわ、どうして誘いに乗ってくださらなかったの」

そう訊かれると、彼は用意していた言葉で答えた。

「魅力は感じたが、自信がなかった、ちょうど低迷していた時期でね、それは今も似たようなものだが」

「私たちの仕事には刺激が必要でしょう、仕事場を変えるだけでも見えるものが違ってきたり、会社のデザイン室にいては望めないものが、あらよって感じで手に入ったり」

「分かるが、もし誘いに乗っていたら、君を困らせることになったかもしれない」

「変に優しいのよね、そんなに慎重な人でもなかったのに、結局優しく裏切る」

「痛いところを突くねえ、そう言いたいところだが、私からすると話が逆だ」

快く酒が静かにまわってくると、不思議なほど肩肘がほぐれて、ふたりはほどよい時間を経たように熟《な》れていった。

「なにか摘まもう、ハムとチーズはどう」

「東京のバーが懐かしいわ、こうしていると昨日のことのように思えてくる」

「懐かしいことが増えるのは年を取った証拠さ、我々の三年、五年はあっという間に消えてなくなる」

「たしかにそうね」

早苗は飛躍するために奔走した日々を振り返る表情であった。

「この間、ここで目が合ったとき、君は驚いたというより睨んできたね、あれはどういう意味だったのかな」

「あ、電話をしなくちゃって、咄嗟《とっさ》に思ったのよ、突然まわりが消えて、忘れていた約束を思い出したような気分」

「やっぱり忘れていたんだ」

「夢中だったのよ、今ほど気持ちに余裕もなかったし」

女の言葉に、神木はひとりの狂乱じみた格闘を思い浮かべた。その間、のらりくらりしていた自分を思い合わせて、やはり無理な組み合わせだったと思った。それでいて女の仕事に期待する気持ちが残っていた。

「本当に佳いものを作りたいなら、仕事を減らすことだな、今の君ならできるだろう」

「アシスタントと二人分の生活費を確保するのが先決よ、それから考えるわ」

「才能の散売《ばらう》りはするな、消耗するだけだから、そのうち大きな仕事もくるだろう」

「そうなるといいけど、ライバルはごまんといるし、運転資金もいるし」

「踏ん張るさ、君ならできる、保証するよ」

神木は思ったことを言い、むかしのように跳ね返ってくる言葉を愉しんだ。早苗が苦しいようなことを言えば励まし、暢気《のんき》なことを言えば釘を刺すのだった。他人には険悪な仲に見えても、刺激し合うことがふたりの調和であったから、今さら別の馴染みようもなかった。

「ところで先週一緒にいた男はどういう人なのかな、アシスタントには見えなかったが」

「鎌倉の住人で、純文学の作家よ、いいところのお坊ちゃんらしいわ」

「それだけ」

「今はね、実は求婚されているの」

「物好きもいるものだな、あきれるね」

神木は冷笑することで、いくらか動揺している自分を隠した。早苗が誰と結婚しようが構わないことであったが、今の彼女に求婚する男が現れるとは思ってもみなかった。自分のことで精一杯の女を妻にすれば離婚へ向かうのが落ちであろうし、そんな暮らしを守るために仕事を捨てる女でもなかった。馬鹿な作家だ、ろくなものは書けまいと思った。

「それで君はどうするつもりだ」

「なにも決めていないわ、私を好きになるような男はどこかおかしいし」

「その通りだ、君を放し飼いにできるような、もっと馬鹿な男が現れるまで結婚はやめとけ」

「そういえば私たち、一緒になろうなんて話したこともなかったわねえ」

「君にはもっと大事なことがあったし、私もそこまでお人好しではなかった」

「ひとつ思い出したわ、私が大作の装幀に苦しんで落ち込んでいたとき、あなた、ラフ案を全部破り捨てて新宿へ連れ出したでしょう、時間がないというのにべろべろになるまで私を酔わせて、抱いたのよ」

「そんなこともあった」

「でも次の日、閃いたの、大作だからといって気取ることはないって」

「結果は正解だった、本も売れたし、君の株も上がった」

「血圧も上がったわ」

早苗は自分の言葉に笑い出し、まったくとんでもない仲間よねえ、と目尻に涙を溜めていった。会えば傷つけ合って別れるふたりが距離を置くようになったのは、狎《な》れ合《あ》いの先に待っている不幸が見えていたせいかもしれない。一緒に仕事をしようと言ったときの女は、気を失うような刺激に飢えていたのだと神木は思った。今の女にはあきらめらしい安堵《あんど》の色が見えていた。

「まあ元気そうでよかった、鎌倉は君に合っているらしい」

「あなたもきたら、通えない距離でもないでしょう」

「ごめんだね、十中八九、君の仕事に苛々《いらいら》することになる」

早苗はあっさり不具合を認めた。しばらくしてレストランを出ると、西の山に日の傾く時間で、ふたりは少しばかり歩いて温泉があるという小さな旅館を覗いてみた。会ってしまえばそうなるのも自然なことで、どちらがどちらの手を引いたというのでもなく、そこへきていた。細い坂道の途中にある旅館は樹木に隠れて涼しげである。神木が部屋をとり、二階の和室に落ち着くと、彼らは行楽の夫婦のようにお茶をもらい、窓の下に広がる庭を眺めた。小さな池があって鯉がいるようであった。

「情緒というやつだな、日本画ならそれなりの絵になる」

「この構図なら雪岱《せったい》より清方《きよかた》ね」

そばから早苗も言った。

神木は急に不愉快になり、そういう自分を宥めるために煙草に火をつけた。温泉に浸かって夕食につくころには口論になるだろうと予感した。女中に下がってもらい、睨み合いながら、一歩も引かない論を戦わすのであった。そのあと体へ移すいたぶり合いが彼らだけに許された快楽であった。

早苗が乱れ箱の浴衣を持ってきて、ちょっと短いかしら、と言ってみたり、神木の背に当ててみたりしている。甲斐甲斐しい真似はおよそそこまでであったから、神木は彼女のするに任せて立っていた。未練であれ、性分であれ、今夜で終わりにしよう、そう思っているのは女も同じようであった。

夏仔

くたびれ果てて、人に不心得を諭され、観念し、せめて爪でも切ろうとするときの、女の放心するさまが美しい。

神木はそんな女の姿態を幾度となく見てきたが、魂が抜けたときのマリエの佳容《かよう》は別格であった。もう若いとは言えないものの決して古くもない女が開店前のバーのスツールに腰掛けて、両の手に目を落とす姿は妖艶ですらある。神木はなにもかも察していたから声もかけなかった。そのうちなんとか気を変えて、陽気な女に変身することも見えていた。

小さなバーの並ぶ場末の横町へ彼女がやってきたのは五年ほど前である。大卒、ゼネコン勤めの経歴は横町では珍しく、しかも銀座向きの容姿であったから、なにものか分からないところがあったが、働かせてくださいと言われて断る店はなかっただろう。たまたま最初に飛び込んだのが神木の店であった。

「看板がきれいだったから」

それだけの理由であった。

売るために美を捨てる装幀に疲れて会社を辞めることにさほど勇気もいらなくなったころ、神木は老朽化したアパートを処分して小さなバーのオーナーに転身した。古参の住人のひとりに立ち退く条件として経営するバーを買い取ってほしいとせがまれたこともあるが、なにかまったく新しいことをしてみたかったし、自由になる店舗のデザインやカクテルにも興味があった。川崎の古い街に残るバーは売値も手頃であった。高齢で駆け引きのうまい男に商売の基本を習い、あとは自己流でやってみるとバーは結構流行ったが、寂れる季節もあってやすやすとはゆかない。

マリエはそんなときにふらりと現れたドル箱ホステスであった。ニューカレドニア生まれ、二十七歳、ひとり暮らし、紐なし、前科なしの女はたちまち客を呼び、横町の花になっていった。

それまでカクテルを注文する客はいなかったが、マリエが勧めるだけで出るようになり、バーの格も売上げも上がった。カクテル作りを愉しみにして自らバーテンダーになった神木は、水割りかソーダ割りしか飲まない客に閉口していたので、立ち詰めの仕事の張り合いになった。

「なあマリエ、儲かったら給料を上げるから張り切れよ」

彼は出任せではなくそう言った。

実際マリエはよく働いたし、気立ても悪くなく、客との会話に教養がちらつくことがあっても嫌みにならない。客に気持ちよく飲んでもらい、妥当な散財だと思わせる時間の演出を心得ている。問題があるとすれば男を見る目がないことで、これは持って生まれた業としか思えなかった。

「私、なんていうか眼鏡フェチなんです、あれって紳士に見えるでしょう」

そんなことを言い、そんな男に遊ばれ、萎《しお》れることを繰り返した。逆なら分かるが、夢中になって貢ぐこともあった。こつこつと蓄えながら、ひとつ上の生活をはじめる余裕がないのはそのためであった。

勤めて三年もしたころ、神木はなぜゼネコンを辞めたのか訊いたことがある。

「眼鏡のせいです」

彼女は即答した。上司に黒縁眼鏡の似合う中年の男がいて、うっとりしているうちに騙《だま》され、もてあそばれたという。社内の問題として争うこともできたが、完全な被害者というには自分の感情に自信を持てなかったことと、相手の家庭を壊すことになりかねないこともあって身を引く道を選んだ。退職の理由はこの上なく便利な一身上の都合であった。

「それじゃあ、相手の男が得しただけじゃないか、慰謝料はもらわなかったのか」

「恋愛で慰謝料っておかしいでしょう」

「人がよすぎるよ、少しは脅してやればよかった、せめて眼鏡を割ってやるとか」

「今ならできるかもしれないけど、そのときはそんな気にもなれませんでした、とても優しい人なんです」

「ばかやろ、優しい男が女を泣かすか」

神木は聞いてあきれた。どこまでも善良なのであった。

ニューカレドニアで生まれたマリエはフランス語もできるし、上等のスーツを着れば立派なビジネスウーマンで通る教養も備えている。ただ決定的ななにかが欠落しているために、心根の優しいひ弱な女を生きていた。どうしたらこんな善良な女ができるのか、神木は気になった。

「明るい家庭に育って近所の子はみんな友達でした、いじめなんかないし、つらい思いをしたことはありません」

「ニューカレドニアはいいところらしい、しかし日本からは遠い、なにか特別な縁でもあったのか」

「父が仕事で駐在したのが縁のはじまりです、母はフランス人の血を引く島の人で、ふたりは向こうで暮らしています、私は小学校を卒業するまでヌーメアにいましたが、パリか東京の大学を目指すことになって、あれこれ考えた末、日本のおばあちゃんと暮らすことになりました、もう亡くなりましたが、本当に優しくて思いやりのある人でした」

どこにでもありそうな話だったので、特殊な教育でも受けたのかと想像していた神木は肩透かしを食らった。間違いというなら、フランス語を話す女がパリではなく東京を選んだことかもしれなかった。

数年前のことになるが、一度だけ相手の男と話をつけたことがある。縁《ふち》なし眼鏡の男は近所に住む司法書士の息子で、遊ぶ法律ばかで通っていたから放ってもおけなかった。失意のどん底に沈んでいたマリエには内緒にして会ってみると、果たして安っぽい男であった。

「恋愛は自由でしょう、うまくゆかないこともありますよ、なんでも男のせいにするのは心外だな」

法律ばかは言った。

「マリエはうちの大事な看板です、しかも純真ですから、これ以上傷つけるようなことはしないでください、親心で言っています」

「あなたに親権はない、大人の男女の恋愛に口出しする権利もないはずだが」

「法律は関係ありません、人のものに傷をつけたら謝るのが我々のルールです」

「法外なことを言う」

「夜の巷の処世術ってやつですよ、即金なら二十万、ひと月延びるごとに十万ずつ増えてゆきます、見くびると司法書士の看板が傾くことになりますから、よくお考えになってください」

この手の交渉事は微笑を浮かべながら丁寧にすすめるのが効果的で、損得を計算する人間ほどすぐに折れるのであった。金は気休めに過ぎないが、心の清算ができない以上、食われ損の重傷だけは避けてやりたかった。

親がかりの道楽者を籠絡《ろうらく》すると、神木はマリエに金を渡した。

「ボーナスだ、ステーキでも食べるんだな」

それだけ言って放っておくと、じきにマリエは新しい服に身を包んで陽気なメラネシアンに変身した。うっすらと茶色い肌のために健康的に見える女はカラフルなブラウスや今風のもんぺがよく似合った。満員電車でビルへ通う生活は似合わない。といって今の勤めがふさわしいとも言えなかった。

小さな職場のことでふたりは仲間も同然であったが、死なば諸共という仲ではない。男は白髪交じりになるし、女もそれなりに熟している。しかし横町の花もいつか萎れるときがくるのである。

神木はマリエにバーテンダーの資格を取らせて、いくらかは安心していた。言ってみれば、あてにならない未来のための防衛的な備えであった。バーのためではない。だが、それの分かる人はマリエを含めてあまりいないだろう。いいのか悪いのか、神木もいくらか穏やかな男になって、世間を身近に感じるようになっていた。人生を大きく間違える前にマリエはニューカレドニアへ帰るべきであったが、彼は言えなかった。彼女がいなければどうなっていたか知れない店であったし、その性情が醸し出すフェアな雰囲気を失いたくはなかった。

夕方、看板を点してまもなく常連がやってくると、マリエは別人の笑顔になる。十秒前の憂鬱は見せない。この時間の客には自営や自由業の人が多く、顔を繕う女には気儘《きまま》な稼業に映る人たちである。夕食前から飲みはじめる彼らはすでに一仕事終えて疲れているのだったが、押《お》し並《な》べて酒は明るい。

小説家の沼田《ぬまた》がカウンターの片隅に陣取ると、マリエはおしぼりを出しながら、

「今日も余裕ですね」

とお愛想を言った。

「あいにく俺のまわりだけ不景気でね、もうすぐ死んじゃうよ」

しょうもない言葉を返しながら、沼田がおしぼりで黒縁の眼鏡を拭くのもいつもと変わらない。独身の五十男は近所のアパートに暮らして神木の店をホームバー代わりにしている。マリエを相手に小一時間も飲んでまた仕事へ還ってゆくのは、文筆を生業《なりわい》にする人間のあてどない性《さが》であろう。

「今日のお勧めはなんだい」

「新鮮なグレープフルーツで作るソルティドッグ」

「ビールのあとでそれをもらおう」

止まり木に掛けて酒を愉しむ間、作家を気取らない男はただの風太郎だが、書くものは悪くなく、本読みの神木はそこそこよい作家に見ていた。それでいて小説について語り合うことはなかった。

「本屋の跡に回転寿司ができましたね、行ってみましたか」

「いや、そんな贅沢はできない、即席麵に卵を落として食いつなぐ毎日さ」

沼田は堂々とそう言った。バーでの散財のために生活費を切りつめているとは思えないが、まんざら冗談とも言えない貧しい雰囲気があった。彼の下半身は一年中カーゴパンツで、上半身は骨張り、頰は削《そ》げていた。ほかに客もいないのでマリエがとなりに座ると、

「目が赤いな、失恋でもしたか、どうせろくな男じゃあるまい」

ずばりと言った。

継ぐ言葉をなくしてへらへらする女を見ると、神木は笑ってしまった。現実の世間に錠を差して言葉を相手に暮らしている男が、一目で生身の女の心中を見透かすのだから、曲芸と言っていい。

「まあ、呪い殺してやれ」

沼田はにやにやしながらビールを啜《すす》った。

「そうやって愁嘆場を想像するんでしょう」

「違うとは言えないが、酒の肴と考えれば罪もない、ところで何回やった」

「そんなこと数えたりしません」

マリエは真面目に答えながら、蜜月《みつげつ》の終わりを白状していた。

「そう思うだろう、ところがつまらない男に限って数えてるんだよ、収支の感覚でね」

「そんなの恋愛じゃない」

「そう、欲念の段階だろうな、しかしこれは女にもある、マリエの歳なら、子を産める体を持つ女の自然な願望ってやつだろう、なあ神《こう》ちゃん」

「そうかもしれませんね」

神木は反論しない。場を盛り上げるために無知を装うことはあっても、本気で客と意見を交わすことはしない。それこそ、どれもこれも酒の上の話であった。マリエは逆に酒でつながる客のために親身になったり、考え込んだりしながら女の意見を言う。それを愉しみにくる客もいるので、神木は好きにさせている。

次の客が入ってくると、マリエはカウンターの中へ移動して男たちと向き合った。ふたり連れの客は勤めを嫌うギャンブラーで、おとなしいが品がよいとは言えない。パチンコ、競馬、競艇といった賭け事を仕事にして地方へも出張する彼らは、飲みながらその計画を練る。放っておけばよい客だが、神木はまた来てほしいとは思わない。マリエも怪しい気配を感じるのか、酒を出すと沼田の前へ戻った。

「女ってのは単純にできてるねえ、傍から見たらつまらない男に夢中になって、尽くした挙げ句、捨てられる、女に男を見る目があったら、大半の男は結婚できないだろうな」

沼田はまたはじめた。

「つまり沼田さんもそのひとりということですか」

「逆もまた真理でね、女に男を見る目があったら俺は結婚している」

「男の人だって女を見る目はないでしょう」

「ふつうはね、まず見た目に惚れちゃうからな、だが美人で利口で気立てもいいなんて女はいないと思うね、人間どこかは欠落しているもんだ、思い当たる節があるだろう」

「さあ、私は美人でも利口でもないから」

マリエは気立てには自信があるらしかったが、沼田が指摘しているのはそこだろうと神木は思った。純真で心細い人ほど人を信じやすく、また知らず識らず人を傷つけもするからであった。

「とにかく男を見たらまず疑ってみることだな、ハンサムで優しい男がマザコンだったりする」

「じゃあ誰を信じればいいんですか」

「とりあえず俺にしておけ、金はないが、面倒なことにもならない」

「それって、ただの欲情でしょう」

「さっそく勉強したか」

神木は聞くともなしに聞きながら、ソルティドッグを作りはじめた。マリエが段々に明るくなってゆくのを幸先《さいさき》に感じ、沼田にこのまましばらくつきあってほしい気持ちであった。しかし一本のビールと一杯のカクテルが彼の懐都合であったから、通常より大きめのグラスを用意してシェイカーを振った。

「いつか得恋《とくれん》ということになったら、一杯奢るよ、そのときは神ちゃんにマリエというカクテルを作ってもらおう」

沼田はなんのかの言いながら、マリエの気を引き立てようとしていた。

「赤いのがいい、なあ神ちゃん」

「それなら、もう考案済みです、深紅のパッションドリンクです、強いから滅多なことでは出せませんがね」

ソルティドッグを出しながら、神木は沼田の捻《ひね》くれた優しさを頼もしく見ていた。見てくれが違えばマリエにぴったりの男であったが、彼女はその相性にも気づいていないのだった。南洋の日没をイメージしたカクテルは赤いマティーニのように激しく、三口で消える儚《はかな》さであった。

「得恋って、なんですか」

とマリエが訊いた。

「失恋の反対」

「いい言葉なのに、なぜみんな使わないのでしょう」

「日本人は未だにパッシブな人種だ、マイナー志向で風趣好みと言ってもいい、敗者を美しいものに見て、余情だの余韻だの、なごりといったものに感応する、つまり他人のことなら得恋より悲恋さ」

「私はハッピーエンドの方が好きです」

「無い物ねだりって知ってるか、女たらしに真実を期待するようなものだ」

しばらくして沼田が帰り、ふたり連れの男たちも帰ってゆくと、マリエは片づけをしながら、

「私が男の人に真実を期待しすぎるのかしら、それとも男の人が私に真実を期待しないのかしら」

神木に向かって殊勝なことを言った。

「いずれにしろ安売りはしないことだな」

「本当に好きになったら安売りもなにもないでしょう」

「沼田さんも言っていただろう、男に真実を期待するなら、その前に自分の目を磨け」

神木はいい加減に躱《かわ》して、店の外へ出てみた。狭い通りにはネオンサインが並んで、足下は明るく、いい夜だというのにたいして人影もなかった。夕食をとってまた働く人の絶えない都会で、夜だけの商売はきびしい。いつまで持つだろうかと思うのは毎夜のことで、そろそろマ

リエにも確かな道をつけてやりたかったが、フランス語を話すというだけでよい仕事に就ける時代は去っていた。また彼女の職歴も誉められたものではなかった。

煙草を一服して戻ると、マリエは癇性《かんしょう》な手つきでカウンターを拭いていた。陰日向なく働くところや、自然に周囲を明るくする性質は美点であった。

「今夜は客の出足が悪そうだ、景気づけに一杯やるか」

神木は薄い、水のようなジンカクテルを作ってマリエを座らせた。

「少しは治まったか」

「はい、もう平気です、沼田さんを見ていると、どうってことないって気になります、不思議な人です」

「こっちが金を払わんといかんな」

「たまにカクテルをご馳走してやってください、私のお給料から引いてもいいです」

「彼はそういうことが嫌いだと思う、奢るときは堂々とやろう」

「神木さんはなんでもお見通しですね、どうして持てないんですか」

マリエはいたずらな顔になって言った。

「女に男を見る目がないからだろう」

「沼田さんと同じこと言ってる」

無邪気に笑うと、南洋の明るい色気が零《こぼ》れるようであった。それで彼は思った。

「休みをやるから一度ニューカレへ帰ってみないか、ご両親に甘えてみるのもいいし、いろいろ考えることもあるだろう」

「首ですか」

「そんなつもりで言っているのじゃない、ただそういう時期ではないかと思ってね、前から思っていたことだが、マリエにはここは暗いし、小さい、少し羽を伸ばせば飛びたくなるだろう、どっちへ飛ぶかは君の勝手だ」

「そういう言い方は卑怯《ひきょう》です、首なら首と言ってください」

「君を首にしたら、困るのは私だよ、待っているから行ってきなさい、そう言えばよかったのかな」

マリエは少し考えていたが、行くとは言わなかった。両親に合わせる顔がないのか、男のことがまだ気になるのか、母国を遠くに見ているふうであった。神木は言うべきことを言ったことにほっとしながら、一方で別れを覚悟しなければならなかった。

その夜は予想した通り客の入りが悪く、ぽつぽつとやってくる二人連れを迎えては見送ることを繰り返した。そういう日は客も長居をしないもので、珍しく時間通りに閉店すると、マリエは自転車に乗って安アパートへ帰っていった。神木は戸締まりをした店先で一服しながら、場違いな女のあてどなさを見送る思いでしばらく立っていた。

夏がきて強烈な陽射しを浴びると、マリエは目に見えて明るくなってゆく。例年のことで、神木は彼女に必要なのはぎらぎらした太陽ではないかと思うことがあった。陽射しは湿っぽい横町を乾かし、夕方はその熱を残して蒸したが、自転車を飛ばしてくるマリエはさして汗も掻かなかった。

「おはようございます」

挨拶の声も明るい。はち切れそうな若さを失い、その分艶麗になって、縮れた長い髪などは見ようによっては妖しいほどであった。

「今日も元気だねえ」

神木が軽口で迎えると、にっこりして、張り切っていきましょうと瞳まで光らせた。沼田のちょっかいに応じるさまも軽快で、

「皮肉をやめたら、傑作が書けますよ」

などとやり返した。

「ところが文学は皮肉でできている、しかも傑作ほど皮肉なんだよ、まともな神経じゃとても書けない」

「でしたら、前途洋々ですね」

「痴話事も尽きたか」

沼田は斜に構えながら、彼なりにマリエを見守っていた。

その夏は間断なくよく晴れて水不足が案じられたが、やがて雷雨の夕べがつづくようになり、晩夏には大型の台風が関東に向かってきた。警報が出ると、神木はバーを休んでマリエを自宅に避難させた。上陸の日は大潮とかで、いっそう荒れる気配であった。真っ暗な午後、デイパックに女の道具を詰めてやってきたマリエは、リビングルームに立つと、

「すごい、色調の趣味がいいですね、照明も日本の家とは思えません」

開口一番、世話になる男を持ち上げた。

アパートを処分するとき骨格からリフォームした家は立地もよく、低地に聳《そび》えるマンションより安全かもしれなかった。神木は蛍光灯よりエレガントで優しい電球の明かりが好きで、大きなスタンドや壁のブラケットで家の中を照らしている。目が疲れやすくなったせいか、バーのように明かりを抑えた方が落ち着くのだった。

「弁当を買っておいたから、酒の肴と明日の朝食の支度をしてくれないか、停電のときはパンがある」

マリエに台所を任せて夜を待つ間、彼はリビングのソファにくつろぎながら、数日前に届いた同人誌を読みはじめた。不定期刊行の薄い本には詩や掌編小説が並んでいて、時間潰しにちょうどよいのであった。彼自身もときおり小説や随想を書いたりするが、どこに発表するでもなく、段ボールの箱に寝かせている。同人誌の責任編集は川又女史から高梨の手に移っていた

が、神木は編集に参加することもなくなっていた。高梨とも年賀状のやりとりで一年を糊塗《こと》する仲になって、久しい。

しばらくして胡椒《こしょう》のありかを訊きにきたマリエが、

「あ、眼鏡をかけるんですね」

にやにやしながら言った。

「老眼らしい、香辛料は食器棚にある」

神木は言いながら、眼鏡を外した。普段は裸眼で困らないが、小さな文字を追うときに助けがいるようになって、眼鏡は二つ三つ持っていた。どれも安物であった。

「美味いのができそうか」

「ばっちりです」

マリエが両方の親指を立てて、そのまま踊るように戻ってゆくと、あとに家庭らしき気配が残った。そんなことで彼は優しい気持ちになった。

フランス風のマリエの手料理はビールによく合って、彼らはパリのことなど話した。神木はパリに行ったこともなく、画家の知人しか思い浮かばないが、マリエはパリにも親戚がいて、旅行費用と時間ができると遥々ニューカレドニアまでやってくるのだと話した。

「私はもう顔も分からないけど、会えば血のつながりを感じるような気がします」

「羨ましいね、私にはそんな人もいない」

「ニューカレドニアの女性と結婚したら親戚がいっぱいできますよ」

「そのために結婚する気はしないね、この歳になると義理人情も面倒でしかないし」

そう言いながら彼は身の軽さを持て余しているのだったが、誰より自由であることに自足もし、いたずらに飄々《ひょうひょう》としていた。

弁当の夕食をすませて同人誌のつづきを読んでいると、片付けを終えたマリエがそばにきて、怖いから一緒にいてもいいですかと言った。急に雨音が激しくなって、風が唸っている。外は夜の色より暗い気がした。

「停電になる前にシャワーを浴びておけ、タオルは好きなのを使っていい」

「すぐ戻ります」

マリエがバスルームへ消えてゆくと、神木はテレビの音を消してつけっぱなしにし、また同人誌の小説を読みはじめた。ふと高梨に会ってみようかと考えたのは彼の相変わらず小難しい小説が載っていたからで、少しも変わらない人間をおかしく思ったのだった。何年か前に美術出版社に転職した男は、気鋭の画家を見つけては画集を作り、個展の手伝いなどをしているという。芸術に関わることで芸大で学んだ日々に意味を持たせているとしたら、なににつけても奥手の彼らしいことであったが、そういう真似のできない神木から見ると、もったいない生き方であった。高梨の本当の才能は書くことでも描くことでもなく、幸福な笑いを生むことにあるからであった。

雨音に紛れてドアの音がしたので、顔をあげると、マリエが鼻歌を歌いながら戻ってきた。体にバスタオルを巻いただけの艶《なまめ》かしい姿であったから、神木は口をあけて迎えた。

「おいおい、ちょっとくつろぎすぎじゃないか、いい眺めだが、俺も男だよ」

「私、目がよくなった気がします」

「やめとけ、泣きを見るぞ」

神木は言ったが、マリエは浮かれ歩くように寄ってきて向かいのソファに座った。足を組むとタオルが割れて、太股《ふともも》の間が覗けそうであった。

「ビールをもらってもいいですか」

彼女は言った。

「ああ、その前に服を着なさい」

するとマリエは立ち上がって、いきなりタオルの前をひらいた。一瞬のことで、神木はしばらくしてから、

「きれいだ、とてもきれいだよ、ありがとう」

どうにか口にしたものの、瞳はなだらかな起伏をさまよっていた。本当に美しい肢体で、安っぽい男に遊ばれてはならない清さであった。縮れた長い髪も、焼けたような肌の艶も、そこここの膨らみも、すべてが太陽の恵みに見えてしまう。マリエはモデルのようにじっと立っていた。

彼女には不本意ななりゆきだろうと分かっていながら、神木は急に描きたくなって、そう言っていた。急いで画紙とコンテを持ってくると、観念したのか、マリエは片手にタオルを垂らして同じ場所に立っていた。目を伏せて、なにも言わない。哀しげでいて、薄く笑んでいるようでもある。目の眩《くら》んだときから観察のときへ移ると、その姿はどう見ても完璧な美点の集合に思われ、今なら自分なりに咀嚼《そしゃく》したヴィーナスを描ける、そう信じた瞬間、彼はなにものかに憑《つ》かれたようにコンテを動かしはじめた。

思いがけない歓びに恵まれ、自由で、孤独で、幸福な時間であったかもしれない。欲深い凝視と創造のうちに、こともなく時が流れて充たされてゆく。

夢中になると豪雨の音も消えて、

「そのまま、そのまま」

彼はいくどか言っていたが、やがてそうしている自分の酷薄さに気づいてはっとし、コンテを折った。小刻みに震えはじめたマリエの足下に涙が落ちてきたからであった。

赤と青の小瓶

バーの蓋明けに女性の客を迎えることは滅多にないので、初めて漆原《うるしばら》夫人がやってきたとき、神木は普通の人ではあるまいと直感した。見るからに上等なスーツを着こなし、やはり身なりのよい連れの男を自然に従えていた。ほかの場所は考えられないといったふうにカウンター席の中央にかけると、夫人は店の中を見まわしながら、

「ブラディメリーをふたつください」

穏やかな声でそう言った。連れの男は黙っていた。ホステスの千草《ちぐさ》が愛想を言った。

「あなた、美大の学生さんのようね」

「よく分かりますね」

「顔に書いてありますよ」

断じる人のようであったが、上品なせいか言葉ほど相手に嫌な思いをさせない。それでいて場馴れしない自分を笑っているようでもあった。

「ここはいいから、あなた三十分ほど散歩してきなさい」

夫人が座ったばかりの男に言い、男が無言のまま出てゆくと、神木はカクテルを作る手をとめて訊ねた。

「ブラディメリーは二杯でよろしいですか」

「結構です」

夫人は次の客にひとりではないことを知らせるためか、となりの席に誰も座らせないためにそうしているらしかった。神木と同世代の人に見えたが、育ちも生活も違うことは明らかであった。弱めにこしらえたカクテルに形ばかり口をつけてから、夫人は当然神木が注視しているとみて、あまり顔も見ずに話した。

「実は装幀家の神木久志さんにお話があって参りました、私は漆原市子《いちこ》と申します、逗子から参りました、趣味で三十年ほど絵を描いております」

どこかで聞いたような名前だと思いながら、神木は訊ねるかわりに言った。

「よくここが分かりましたね」

「あれこれ伝《つて》を辿りまして」

「私はもう装幀の仕事はしていません、ご覧の通りです」

「古い本を拝見しました、絵のような写真のカバーで、文字のデザインも美しく、ポピュラーな仕様から独立しているような気品を感じました、私の画集のためにああいうものを作っていただけないでしょうか、一生に一度の画集です」

夫人は淡々とした口調で、しかし自身の都合と思いを訴えつづけた。

「絵のデータ化と編集作業は美術出版社が進めていますが、装幀案を見たとき、私の画集ではないと思いました、売るための画集ではありませんので、私ひとりを満足させてくれるものでよいのです」

「残念ですが、肝心の道具すらありません」

「お買いになったら」

おもんぱかりのない、とぼけた応答であったから、神木は思わず夫人を見つめた。上品な雰囲気に、そうした言葉だけが釣り合わなかった。

「少なくみても百万はかかりますよ、今の私には大金です、一点のカバーのためにそんな散財はできません」

「わたくしが持ちます、デザイン料は別にお支払いいたします」

あとから思うと、夫人は本気で言っていたのだったが、神木は信じなかった。いきなり訪ねてきてカバーひとつのために百万も出すという女は、詐欺師か異常な趣味人としか思えなかったし、揉めごとは避けたかった。

「編集を依頼したのはどこの出版社ですか」

「創志社です」

「ご希望を具体的に話せばやってくれるでしょう、私の出る幕ではありませんね、恨まれます」

「漠とした理想形は思い浮かびますが、私の言葉では彼らにうまく伝わりません、一度絵を見ていただけませんか」

「店は休めません」

「損失は補償します」

そのとき常連の客が入ってきたので、神木はバーの主人に戻った。挨拶を交わして、酒を出してから夫人の前に立つと、彼女はグラスをあけていて、

「もう一杯ください」

そう言った。けれども飲むことはしなかった。その後も似たような遣り取りを繰り返して、やがて連れの男が戻ると、

「よろしくお願いします」

それだけ言って夫人は帰っていった。

神木は断ったつもりでいたが、次の日、男がやってきて二百万の札束と名刺を置いてゆくと考えないわけにもゆかなかった。

「とにかくこれで必要なものを揃えてください、やるかどうかはそれから決めてくださって結構です、逗子にきていただけるなら迎えの車を出しますので、ご都合のよい日時を知らせてください、私は漆原家に仕える者で的場《まとば》といいます」

することは強引であったが、夫人の考えを伝える男の印象は悪くなかった。彼の言葉を信じるなら、漆原家が桁違いの資産家であること、夫人が一冊の画集に生を集約しようとしていることも分かった。時間はあまりないという。そのために神木は思い澄ますことになった。


春の逗子海岸はのどかで、まだ人影も少なく、高台からは岬の向こうに川崎のそれより大きな富士が眺められた。車を降りると、広い庭伝いにアトリエに通され、神木は待っていたらしい夫人に挨拶した。

「浮世離れした暮らしですね」

「おもしろい方ね、ここへきてそんな挨拶をした人は初めてです、コーヒーでも淹《い》れましょう、くつろいでください」

「その前にトイレをお借りできますか」

神木は相手に合わせて気取るようなことはしなかった。まだ雇われたわけでもなし、芸術絡みの仕事の話をするときは病人であれ闘いであった。自宅にいるせいか、夫人は別人のようにおっとりして見えた。

招じられたリビングルームには花器や壺がうるさいほどあって、そのいくつかに庭の花が活けられていた。トイレはリビングとアトリエを分ける低い階段の踊り場が入口で、中はホテルの化粧室のように広く、女ひとりが用を足す場所にしては無駄に豪華な造りであった。洗面台に男物のハンカチやブラシがあるのは夫人の心配りであろう。どれも良いものであった。

リビングに戻ると、夫人がコーヒーテーブルに資料を積み上げて待っていた。家政婦がコーヒーを出すのを待って、

「装幀の道具は揃いましたか」

彼女は訊いた。神木を見つめた顔は化粧で糊塗《こと》されて、病人には見えない。

「まだですが、その気になれば一週間で揃います、まずお話を伺いましょう」

一週間と聞くと、夫人は目を落として下唇を噛む真似をした。すぐに気を取り直したものの、しばらく唇の震えはやまなかった。神木は話によっては支度金を返すつもりで持参していたので、夫人の衝迫《しょうはく》にゆきあたる気がした。

「紙束は画集のゲラのコピーです、絵はパソコンでも見られます、あとでアトリエの習作をご覧に入れましょう」

「いや、よろしければ先にアトリエを見せていただけますか、その方がいろいろ摑めますし、理解も早いはずです」

「ではコーヒーを飲んでから」

「来るときに富士を見ました、描きますか」

「いいえ、海は描きますが、どうしてか富士には抵抗があります」

「安心しました、正直なところカバーに富士を望まれると困ります、唯一無二の山でありながら恐ろしく平凡な顔になりますからね」

「私の絵はすべて平凡です」

彼女は自嘲し、ここから見えるものをその日の気持ちの色にして塗り潰しているだけだと話した。次の日は別の色を重ねたり、そこにないものを描き足したりするので、絵の出来はなりゆきだとも言った。

「どう描くかはその人の自由でしょう、名のある人のものでも整いすぎた絵は見ていてつまらないものです」

神木は自分も絵を描くことを伏せて話した。夫人は彼の養父とまったく違う環境に生きる画家であったが、病んでも美的生活を送るあたりは彼の理想でもあった。ただし恵まれすぎて芸術に必要な刺激もなさそうな人であったから、画風は期待できそうになかった。肝心の感性はどうであろうか。見るしかないと思う彼はすすんでアトリエへ促した。

邸宅の片隅に夫人の自由があるらしく、庭の斜面を利用した中二階のアトリエはリビングよりも広く、入ると海側の開放的な嵌め殺し窓が目を引いた。

「素晴らしい眺めですが、西陽が厄介ではありませんか」

「自然の光が好きです、困るとスクリーンを下ろします、今日はそんな必要もありませんね」

穏やかな海に向かって夫人は話した。イーゼルがいくつか立っているのは今も描くからであろう。立派な棚と作業台が雑然としているのは画家らしいことで、一方の壁際にカンバスがドミノのように立てかけてあるのも親しい眺めであった。画材だけでも大変なかかりだと思いながら、神木は壁の絵に目をとめた。倒れた花瓶と林檎《りんご》を載せた皿が宙に浮いているようにも見える静物画であった。

「この絵は見覚えがあります、美術展に出品しませんでしたか」

「二等の賞をいただきました」

「普通なら買い取られて家にはないものですが、絵を売ることはしませんか」

「恥ずかしくてできません、そんな値打ちもありませんし、誰であれこんなものに散財させては可哀相です」

裕福な人の言うことは非常識で、常に生活を案じる画家の宿命から外れていた。

「制作中の絵がありますね、乾いたカンバスもたくさんある、拝見してもよろしいですか」

「どうぞ、今さら怖いものもありません、なんとでもおっしゃってください」

夫人が言い、神木は遠慮なく作品を見てまわった。イーゼルの絵は一枚が海鳥で、残りは花であった。鳥は赤く、花は青いので、写実ではない。情念の絵とでもいうのか、背景の色にも熱と冷気がある。それでいて、どぎついという印象であった。

端から順繰りに見てまわる間に夫人が姿を消してくれたので、彼は自由にしかし注意深く、立てかけてあるカンバスの絵も鑑賞していった。よく飽きないと思うほど花と器の絵が多く、色調はどれも似たり寄ったりであったから、神木はじきに夫人の画風と癖を捉えた。その日の気持ちを色にすると言った夫人は、カンバスに鬱屈した女の感情を吐き出しているという気がした。中に小瓶の絵があって、平凡な構図だが色彩が秀逸であった。そんなものが数点見つかり、カバーのイメージが浮かんでくると、彼は想念に導かれて装幀家の神木久志になっていった。

しばらくしてリビングへ戻ると、資料の前に夫人が待っていて、すぐに紅茶が運ばれてきた。

「花の絵が多いですね、しかも単純に美しいとは言えない、あるがままの花でもない、そこがまたいい、あれだけの花を常に身近に置くのは苦労でしょう」

「花は庭のもので事足ります、わざわざ買うことはしません」

「庭の維持費を考えれば買っているようなものでしょう」

夫人は苦笑しながらも、好きな雑草はただです、と反論した。

「色彩に情念を感じましたが、あなたにとって絵はどういうものでしょう」

「自由そのものです」

「のびやかな暮らしに見えますが」

夫人はまた苦笑して、吐息を洩らした。

「広い家に自由があるとは限りません、たしかに恵まれてはいますが、人生を愉しんできたとは言えませんし、精神的にはむしろ緊張し、腑抜けたような自分と闘う日常でした」

「そういうものを描くことで発散したと考えてよろしいですか」

「そこまで知らなければいけませんか」

「文芸作品は読めば分かりますが、絵は想像するしかありません、間違えば装幀は失敗します」

「やってくださるのですね」

「その前の段階です、画集の装幀ですから画家の姿勢を知ったうえでやりたい、私のやり方です」

神木は異常なほど反対色を使う女の葛藤なり情熱の発生源を知りたいと思った。アトリエは赤と青の世界であったし、夫人は心の闇を押し開くようにして色を出してきたのかもしれなかった。

「絵で立とうと考えたことはありません、この家の主《あるじ》は主人で、私はやはり彼に仕える人間として生きてきました、アトリエという個室をもらって、そこで自分を取り戻すために油絵をはじめました、芸術のことなどなにも分かりませんが、描いている間の自由を愉しみ、どうにか平常心を保ってきたのです、ひとことで言うなら私の絵は窮屈な現実との闘いであり、逃避でもあります、つまりここが私の全世界です、だからここで生まれたものを画集にして終わりたいと考えました」

「動機はなんであれ、突き進むのが芸術です、ご主人はあなたの絵をどうみています」

「主人は無関心です、彼には別の大事な世界がありますし、素人の絵を分かろうとはしません、それはそれで理解できます」

「描いていれば充たされますか、ふたりして物分かりがよすぎますね」

神木はうがったことを言い、内心ではあきれながら上品な夫人を哀れな人に眺めた。立派なアトリエがありながら、夫婦で一枚の絵について語り合うこともないとなると、夫人の孤独は当然のことであった。使用人を従えたときの颯爽《さっそう》とした女とは、やはり別人なのであった。

「画集の表題はお決まりですか」

「漆原市子自選画集」

「漢字ばかりですね、私なら漆原市子、赤と青の世界、としますが、いかがでしょう、文字もデザインのうちです」

「素敵です、分かる人に見ていただくと違いますね、これで私の人生もいくらか色づくでしょう、あなたに言ってもせんないことですが、本当につまらない一生でしたから」

そう悔やむ夫人は、画集の完成を目標にして最後の時間を生きているのかもしれなかった。

いっときして神木は暇《いとま》を告げた。ひとりで帰る方が気楽であったから、そう言うと、夫人の指示で的場が逗子駅まで送ってきた。長く夫人に仕えた男らしく、的場は持ち重りのする資料を持ちながら、奥さまに訊きづらいことがありましたら、なんでも私に訊いてくださいと言った。装幀は色彩と時間との闘いになりそうであった。


美術出版社に顔つなぎの挨拶をしてラフ案の制作に取りかかると、神木は思いのほかのめり込んでいった。バーに立つ間が休息になるほど没頭して、夜《よ》も日もなく夫人の絵を見つめる。デザインは一時間でできることもあれば、百時間かけてもろくなものにならないこともあって、思うようにはゆかない。時間が気になり、急ぎ三点ほど作ると、彼はすぐ夫人に送信した。どれも反対色の闘う鮮烈な絵であったから、思い切って背景を黒にすると落ち着いたが、文字デザインに秀美を託した装幀を夫人がどう見るか。黒は美しい色だが、不幸の色でもある。

「小瓶の絵がよいと思います、これでお願いします」

夫人から短い返事がきて絵が決まると、彼は二日で仕上げてまた送信した。売り物ではないので、文字を小さくして格調を醸したカバーであった。

「私のかわりに絵が生きています、とても幸せです」

夫人の反応にほっとしながら、さらに磨いて色校《いろこう》を終えると半月が過ぎていた。

「珍しい装幀ですね、うちではとてもできない」

出版社からは慇懃《いんぎん》無礼《ぶれい》な皮肉を聞くことになったが、神木は充たされていた。思いがけず興奮もし、目を光らせた時間がゆくと、あとは印刷を待つばかりであった。

画集の見本が届いたのはそれからさらに半月後のことで、神木は改めて自分の仕事を眺め、夫人の絵を眺めた。帯のない本はすっきりとして画面のバランスがよく、泰然としている。ページを繰ると、赤と青、赤か青の絵がつづいて、よくもまあ、これほど似たような絵を描いたものだと妙に感心しながら、そのひとつひとつに夫人の執念を見る心地がした。赤は心に秘めたものを吐き出すときの強い夫人のようだし、青は沈みがちな日常を持て余す夫人のようであった。

彼は描くことで人生を全うした人を幾人か知っているが、夫人もそうした画家のひとりに数えてもよいような気がした。生活のための売却と無縁でいられたことは希有《けう》な幸運であろうし、自由に不自由したことは不幸であった。しかし、それもこれもカンバスに叩きつけて切り抜けてきたとも言える。

夕方、バーに立つと、まもなく夫人から礼の電話がきて、とても気に入っている、と明るい声であった。

「私も久しぶりに装幀を愉しみました、よい画集になったと思います」

「主人が画集を膝にのせて眺めています、信じられません、アトリエを覗きもしなかった人が一枚ずつ丁寧に眺めて、この壺は確かインドの土産だろうなどと言うのですから」

いつになく夫人の声は弾んで、一方的に幸福な一日を話したあと、礼の言葉を繰り返して電話は切れた。神木はバーの仕事に還りながら、一冊の画集も作れずに終わった養父の一生を思い合わせた。

それから一週間ほどして的場が謝礼を届けにくると、神木はなぜとなく身構えた。開店前のバーに現れた男はどこかの社長のように身なりがよく、それでいて腰が低いからであった。おそろしく丁寧な挨拶をして、謝礼の封筒を差し出し、役目を終えると、

「奥さまが亡くなりました、ブラディメリーを一杯もらえますか」

と彼は言った。

「いつのことです」

「見本が届いた日の翌日です、今から思うとあの一日が限界でしたが、本当に間に合ってよかったと思います」

「あんなに嬉しそうに話していたのに」

不意だったので神木は衝撃を受けた。夫人が手術も抗癌剤も拒んで自然に逝く道を選んだことは的場から聞いていたが、まったく弱音を吐かずにきたので意外であった。いつ訪れるか知れない死と向き合いながら夫人は人生の幕引きを計算したとみえて、傍から見ると潔いかぎり

であった。最後の最後に強い女を見せたことも、彼女なりの清算であったかもしれない。神木はそんな気がした。

「この一週間、漆原家は息の詰まるような暗さでした、ああ見えて奥さまの存在は大きかったのです、自分のことには強く、人には優しい人でしたね」

近しい人にでも語りかけるように的場は話した。

「こちらへきたとき、奥さまはすでに外出できるような体ではありませんでしたが、そうは見えなかったでしょう、昼どきに私を呼んで、なんとしても行くから途中で死んだら画集を頼むとおっしゃいました、絵のことなど分からない私にですよ、私はなんとかあの日を切り抜けることで頭がいっぱいでした、無事に帰ると急にぐったりとして、医者を呼んだほどです、ところが次の日には目をきらきらさせてアトリエに立っていました、人の生命力は不思議です」

「私が逗子へ伺ったときも、今日明日の病人には見えませんでしたが、本当は辛かったのかもしれませんね、私にはつまらない一生だったと言っていました」

「たぶん本音だと思います、私には間違ってもそんなことは言いませんが、何十年と見ていれば分かりますよ」

的場は夫人に尽くすことが愉しかったとみえて、大切なものをなくした男の表情であった。巷の男を相手に砕けてゆく自分を許しているようでもあった。

「今日は半分私用のようなものです、一服させてください」

と彼は遠慮がちに煙草を取り出して火をつけたが、さして吸わなかった。

「奥さまもたまにアトリエで吸いました、自由の味がすると言ってぼんやり海を見つめる姿はまるで籠の鳥です、なにを考えていたんですかね、一服するとまたカンバスに向かって、せっかく描いた絵を塗り潰すこともありました、赤と青の小瓶なんてあの家にはありませんよ、すべて奥さまがつけた色です」

「画家はそうしたことをします、見えているものをあるがままに描くのではなく、自分のものにするのです」

「そこが分かりませんね、世界には美しいものがたくさんあるのですから、アトリエを出て見にゆけばよかったと今でも思います、世界を百周したところで、あの家はびくともしません、それなのに一箱の煙草を私が買いにゆくのです」

「画家には変わった人がいます、漆原さんの暮らしぶりは想像を超えるもののようです」

「庶民とは言えませんからね、普通では考えられないことがいろいろありました」

　的場は煙草を消して、直近の出来事を話した。亡くなる数日前であったか、アトリエの階段を上がれなくなった夫人が庭から海を眺めて飽きなかった。彼は車椅子のうしろに立っていたが、暖かい日でもなかったので、ここは冷えますから家に入りましょうとすすめると、主人を呼んできて、と夫人がひとこと言った。的場はそうしたが、そのあと夫婦がなにを話したのかは知らない。しばらくしてひとりになった夫人のもとへ帰ると、

「あなたのことを頼んでおきましたから、私が死んだら好きにしなさい」

そう言われた。お払い箱か、と的場は思ったという。

「それが身に余る心遣いでして、北海道の別荘をくださるというのです、私は向こうの生まれです、それればかりか、なんの心配もなく暮らせるだけのものをくださったのです、そのとき、奥さまが神木さんのこともおっしゃいました」

「悪口でしょう、私はよく人に嫌われます」

「とんでもない、奥さまは神木さんの人柄と仕事ぶりに感じ入って、おまえは恃《たの》む人もいないのだから、ああいう人を大切にしなさいとおっしゃいました、そこまで考えてくださる人に私はただ給料のために仕えてきたのかと気づきました」

「気づかずに終わるよりはいいでしょう、ご覧の通り、私はたいした人間ではありませんが、北海道に知人ができるのは嬉しい」

神木はおざなりを言いながら、的場はこれからも夫人を語れる相手を作りにきたのかと思った。遺品の整理を終えたら彼は漆原家を去ることになっていて、だだっぴろい別荘にひとりで暮らすのであった。長く逗子に暮らした体で雪の季節を凌《しの》ぐのは苦労だろう。安全で豊かな老後が待っているとは限らない。

「私にとってもあの画集は一生の思い出になるでしょう、北海道へ発つ前にもう一度寄らせてください」

「そのときは私も一杯やりましょう」

短い沈黙のあと、的場は気の抜けたカクテルに口をつけて立ち上がった。勘定をしようとしたが、それは神木が断った。習い性にしても、恐縮した男がドアの前で振り返って深々と辞儀をするのは、今では珍しい光景であった。

ドアが閉まってまもなく、入れ代わるようにアルバイトのホステスが出勤してきて、

「あ、もうお客さんがあったんですかあ」

と言った。夜のアルバイトで絵の具代を稼ぐ若さであったが、屈託がないのも今どきの若さであった。そんなものに救われるときもあるというのに、夫人は世間を見ることなく逝ってしまったという気がした。画集はそれなりに佳いものになったが、大半は逗子に眠ることになるに違いなかった。

「おい、今夜は威勢よくやろうな」

「はい、ぱあっとやりましょう」

神木はその瞬間に気持ちを切り替えた。縁があって知り合った人の死を重く受けとめていながら、的場のように深く沈みたくはなかった。今後も画集の中に夫人を見るだけである。ぽっと出の娘にも捨ててきたものがあるように、彼も冥府の夫人を思いつづけるわけにはゆかなかった。子供のころに悲惨な死を見過ぎたせいか、それは肉親でも同じことであった。

秋麗

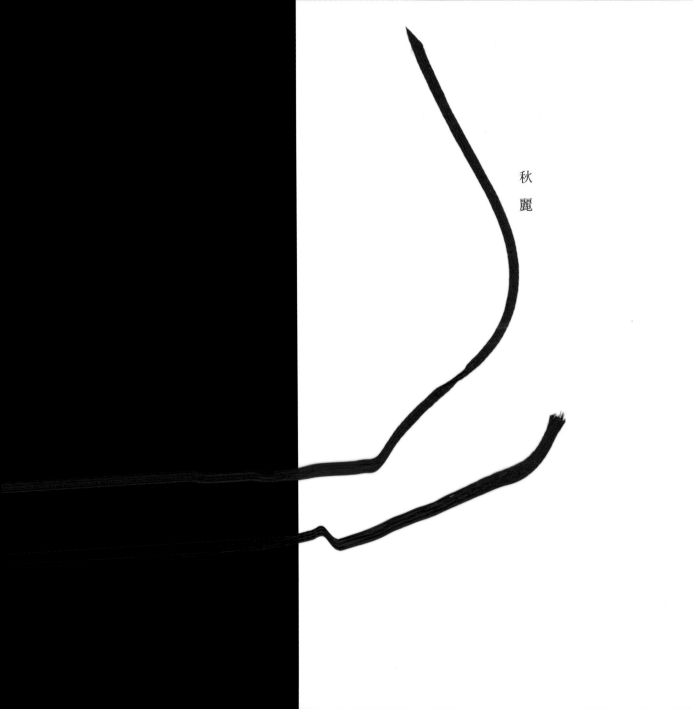

一冊の画集の装幀が伝わる人に伝わり、ぽつぽつと仕事の依頼が舞い込んでくると、神木は制作時間に余裕のあるものだけを引き受けた。高価な機材を寝かせておくのも勿体《もったい》ないが、バーの仕事もある。

「面倒は神木にまわせ、あいつは気分屋だが、やるとなればなんとかする」

口さがない編集者の声も聞こえてきた。

かつて勤めた出版社が自費出版の事業をはじめて、注文の多い客の本を任されることもあったが、神木はそういう不確かな仕事こそ愉しんだ。著者が気に入るものを作ってみせるのが彼の考えるプロであったし、こんなふうにもできますよ、と想像力の乏しい人に提示できるのも兼業装幀家の特権であった。遊び心がなくては新しいものにならないのがデザインであったから、彼はその不確かな部分を愉しみ、没頭もした。あいつは気分屋だと言った男に、気分屋ならではの独創的な装幀を見せつけてやりたい気持ちもあった。

旧友の高梨から急の連絡がきたのもそんなときであった。

「西野《にしの》が帰ってくるらしい、一席設けたいが、一日バーを貸し切りにできないか」

「そこで俺だけ働くわけか、ごめんだね、だいいちそんな立派な店じゃない」

「そこがいいのさ、悠々自適の身分じゃないようだから」

神木は一時期西野と親しかったが、学生時代にパリへ渡り向こうで生活を築いた男とは音信が絶えていた。異国に暮らす友人の生活を思うことより、自身の人生をなんとかましなものにしたかったし、そうこうするうち晩年のあり方を考える年行きになっていたこともある。いっとき憧れたパリもいつかしら遠くなって久しい。

「歓迎会はおまえに任せる、日時と場所が決まったら教えてくれ、行けるかどうか分からないが、しばらく日本にいるなら会えるだろう」

電話を切ってから、彼は友人の帰国を素直に喜べない自分をつまらない男になったなと思った。そういう自分を西野に見せることになるのも嫌であったし、高梨ほど世話好きでもなかった。

高梨から連絡のないまま秋に入って、忘れかけていたころ、当の西野が訪ねてきた。客の入っているときに、ただの客を装い、バースツールにかけて酒を頼んだきり無言でいた男に神木が気づいたのはしばらくしてからであった。男は肉づきが悪く、白髪で、潑剌《はつらつ》としていた若いころの面影がなかった。考え事をするときに口に手をあてる癖だけが彼らしかった。

「失礼ですが、西野さんですか」

「やっと気づいたか」

「ご挨拶だな、なぜ黙っていた」

「パリからきた浦島太郎だからね、ちょっとようすを見ていたのさ」

西野は笑うでもなく、そう言った。斜に構えて相手の出方を見るような目つきで、

「君がバーの主人とはねえ」

独り言のように言った。

「それだけの年月が流れた、日本も変わっただろう」

「親を看取る歳になった、それだけさ、ここではゆっくり話せないな、一杯やったら帰るよ」

「そう言うな、せっかくきたんだ、少し待ってくれ」

それから小一時間もすると客が引いて、ふたりはカウンターの隅に肩を並べた。客はテーブル席のひと組だけになって、静かな音楽の聞こえる時間であった。簡単なカクテルならホステスの美咲《みさき》も作れるので、神木は彼女に店を任せて、自分も酒をもらった。高梨の一報からひと

月ほどが経っていた。

「高梨とは会ったようだな、あいつは変わらないだろう」

「ああ、珍しい男だよ、やけに親切で、フランスにはいない人種を感じたね、なんなんだろうなあ、あの明るさは」

「歓迎会はどうだった」

「俺の都合で流れた、まあ、そのためにきたわけでもなし、話題の中心になるのは苦手でね、高梨ともふたりきりで会って、美術出版や君のことなど話した、本の装幀をやるそうじゃないか」

「今はここが本業だが、デザインを通じて芸術と関わることがなくさめになってきた」

「お互いに歳だな、むかしは思いつめて無我夢中で描いたものだが、もうそんな気にもならない、たまに家の周辺をスケッチして旅行者に売ったりしている、彼らの目は節穴だからね」

生活に疲れた男の言いそうなことであったから、神木は画家の挫折を察した。

「絵はもうやらないか、パリにいて創作活動をしない君を想像するのはむずかしいな、苦労なら想像できるが」

「実はパリを捨てて久しい、ルシヨンと言っても分からない人が多いからパリにいることにしている、妻とも別れた」

「そうか」

「久しぶりに日本を見て思ったよ、なにもかもがスムーズに回っているようで歩調が合わない、今はフランス人が日本に目を向ける時代になったが、彼らに真似はできないだろうってね、つまり俺にもできない」

西野はぼそぼそと話しながら、挫折した人間を隠そうとしなかった。親を看取ったあとの淋しさか虚無感を引きずっているようにも見えて、生気がない。自身はフランスで終わるつもりだろうか。神木は訊いてみた。

「やはり帰るのか、向こうの風土は離れがたいと聞くが、日本も捨てたもんじゃない」

「馴《な》れだよ、ただ馴れたというだけだ、しかしそれとは別にルシヨンは美しい、黄土に松林の村でね、ああいうところに暮らしてしまうと、だめな人間でもなんとか生きてゆけるような気になる、静かな農村だったが、いつのまにか画家や作家が住み着いて展示会を催すようになった、すると観光客が増えてカフェが一軒、レストランが一軒とできる、その発展とも言えない流れがとても自然でね、日本の開発のようなことは起きないという安心感がある」

「それなら絵は描けそうなものだが」

「ある日、自分の絵より現実の方が美しいと気づいた、そのときから描けなくなった」

画家の情熱のあり方はそれぞれで、環境や仲間に恵まれながら描けなくなるのも画業であった。西野の場合、家庭というお守りをなくしたこともあるかもしれない。異国に暮らし、その国の女性と生活を築いた男がひとりに還れば世間も違って見えるはずであった。

「目を向ける対象をかえてみたらどうだ、人物や汗臭い生活を描いてみるのもいいかもしれない」

自分ならそうすると思うものの、神木は今の西野には通じないことを言っているという気がした。枯渇した画家をよみがえらせるのは画家自身でしかないからであった。

「カリフォルニアワインでもやるか、癖がなくて美味いよ」

「ワインなら南仏ものに限る」

「そう決めつけたものでもないだろう、美味いワインを飲むためにルシヨンではなにをしている」

「生業と呼べるものはない、路上画家のふりをして古い絵を観光客に売ったり、日本向けの翻訳をしたり、いろいろさ」

「翻訳なら高梨のところにも需要があるかもしれない、帰る前に話してみたらどうだ」

神木はおざなりに勧めてみたが、西野は首を振って、

「金を借りる方がましだな」

と片づけた。

ルシヨンの時間は田舎らしくゆったりと流れて創作の仕事に向いているが、作家や画家の収入は冷蔵庫の奥が見えるほどあてにならないという。静かな生活を愉しんでばかりもいられない彼らは習作を出版社へ送り、美術展に応募し、村のギャラリーに作品を並べて入場料の裾わ

けに期待する。日本人の西野には日本向けの文章を書く仕事が定期的にあって、それが最も固い収入だと彼は話した。

「食えない芸術家なんてのは当たり前にいるからね、ああいう生活に馴れてしまうと抜け出せない、古民家にオーニングを張っただけのカフェでコーヒーを一杯もらって、顔見知りの男と気のすむまで話していても文句も出ない、そのうち日が暮れることもある、それでも一日は一日さ、同じことを日本でしたら気が咎《とが》めるか鬱《うつ》になる、違うか」

「文化の違いでは片づけられないところまで浸っているわけか」

「言葉にすると安っぽくなる、体感しなければ本当のよさは分からないだろう」

日本を捨ててパリからも都落ちした男の頼りない幸福は黄土の村の松の木陰にあるらしかった。しかし、それを言うと異物に見るのが日本人であろうから、日本は居心地が悪いということになるのかもしれない。

「偉いのはカフェの親爺《おやじ》だよ」

と彼は言った。

「よい客とは言えない芸術家を尊敬してくれるし、我々の人生を小馬鹿にしない、そういう理解者が農民にも役人にもいる」

「素晴らしいね、なにかと煩わしい日本を見て帰ったら、また描けるようになるんじゃないか」

「そんな気もする、君も一緒にきてルシヨンでバーをやらないか、末はゴッホかという男がひとりいる、彼の存在を知るだけでもバーを開く価値はあると思う」

西野は真顔で言い、ようやく人心地がついたように微笑した。話すうちに水のようになった酒を口へ運んで、会えてよかった、と洩らした。画業の危うさなら聞いてやれるというだけで暗い酒を嫌っていた神木は救われた気がした。西野も心境を吐露して満足した表情であった。

「再会の記念に美味い酒をご馳走しよう」

神木はシェイカーを振りに立ってゆきながら、西野とはこれが最後になるだろうと思った。ルシヨンを称《たた》える口ぶりからして、終《つい》の棲《す》みかを確かめにきたような帰国だからであった。


西野勉《つとむ》がフランスへ帰ってまもなく、高梨から電話があって、

「あの変わり者が謝礼のつもりなのか絵を一枚置いていった、ざっと表装したので見にこないか」

と会社に誘った。彼とも疎遠になっていたので、神木は数日後に出版社のある神田へ出かけた。西野の絵を確かめたい気持ちもあった。

貸しビルの五階にある小さな美術出版社は未だに紙の山の中に人間が埋もれているような所帯で、西野の絵は唯一空間を感じさせる応接室の壁に飾られていた。

「こうして見るとなかなかいい、誰の絵かとよく訊かれるよ」

女性社員にコーヒーを運ばせて部長を気取りながら、高梨は神木に鑑賞の時間を与えた。コーヒーを啜《すす》る音が気になったが、それも高梨らしい気の使い方であったかもしれない。しばらくして神木は呟いた。

「俺の知る西野の絵じゃない、これだけのものを描いても食えないか」

「画家の運てやつだろう、惹きつけるものはある」

と高梨も言った。

ルシヨンの秋と思われる絵は黄土の壁のつづく道に落葉をためて静謐《せいひつ》であったが、赤茶色の空間に孤愁が漂う。土の道らしく落葉に重量が見えて、深い趣がある。画家が実景を自身の世界に昇華したことは間違いなく、豊かな自然の中にちっぽけな人間の憂いを置いてみせたのであった。それでいて美しい。神木はそうみた。

「これをくれるとは西野も太っ腹だな」

「向こうにはこんな絵がまだたくさんあるらしい、俺が画廊に持ち込むのを期待したのかもしれない」

「どうかな、よくて五万がいいところだろう、それにあいつはもう描いていないと言っていた、だがまた描くだろうな、パレットに人生を注《そそ》いでここまできたら、売れても売れなくても描くしかないだろう」

「日本には商売上手でふんぞり返っている画家もいるというのにな」

西野の才能と不運を、高梨も間近に見ているようであった。

「ところで画題がないな、西野の絵と呼ぶわけにもゆかない、なにか考えてやれないか」

「秋麗《しゅうれい》というのはどうだろう」

「悪くない、おまえにしては上等だ」

ふさわしい言葉だったので、神木は賛成した。一枚の絵がこれからどういう運命を辿るのか分からなかったが、それは画家も同じであった。今ごろ西野はルシヨンのカフェに憩って、日本のどこかで自分の絵が生き延びる夢を見ているような気がした。

「早いが外で一杯やらないか」

しばらくして高梨が言った。ゆきつけのレストランがすぐそこにあるという。

「そうだな、一杯だけなら」

帰ってバーをあけなければならない神木は時間を気にしたが、会社のコーヒーで済ますのも味気ない気がした。外へ出ると、レストランは本当に一跨《ひとまた》ぎのところにあって、忙しい街らしく大衆的な雰囲気が昼の酒に合っていた。彼らは片隅でビールをもらった。

「西野は日本土産にお椀を買っていった、向こうにはない形の食器だから画仲間に喜ばれるらしい」

高梨はその買物につきあい、結局夕食まで奢ったと話した。お椀は二ダースで数千円という安物であったが、西野は一生ものだと言って喜んだという。次の日、彼は「秋麗」を届けにきた。

「やつには精一杯の返礼だったのだろう、終わってみると哀しいな」

神木は川崎のバーに訪ねてきたときの西野の落魄《らくはく》ぶりを話した。肩を窄《すぼ》めて嘗めるように酒を飲む男は日本の居心地の悪さを無言のうちに語って精彩がなかった。最後に見せた笑顔も彼なりの礼であったかもしれない。高梨ほど親身になれなかった分、彼がいてよかったと神木は思った。

「ところで同人誌はうまくいっているのか」

「なんとかやってる、川又さんが亡くなってから求心力が落ちたが、ありがたいことに同人は尽きない、現役の学生に後継者になれそうなやつがいて期待している、あれは永遠につづいてほしい」

そうして高梨はあっちで働きこっちで働きして、磨り減ってゆく人生の時間を豊かにしているようであった。物事を捨て置けない性分もある。神木は装幀の仕事を再開してから小説を書かなくなっていたが、季刊になった同人誌は読んでいて、主題も書き方も変わってきたくらいのことは感じ取っていた。

「里子がエッセイを送ってきたよ」

と不意に高梨が言った。

「孫ができたとかで、そのあたりの話がなんとも平和でねえ」

「ほう」

神木はいくらか動揺しながら、鮨屋の娘を懐かしく思った。縁があったようでなかった女のせいか、却ってしみじみした。

「彼女はたしか役所勤めだろう、まだ働いているのか」

「今どき公務員を辞める女性はいないよ」

「たまには会うか」

「いや、しばらく会っていない、西野の帰国がいい機会だったんだが」

「そのうち昔の仲間で会おう、奮発してルシヨンに西野を訪ねるのもいいかもしれない」

ふたりはいっとき夢を見たが、それぞれに生活があるので無理だろうと思った。独身の神木にはまだ自由があるが、家族を持ち、遠方に暮らす人もいるからであった。里子もおばあちゃんか、神木は流れた歳月を思い巡らした。

一瓶のビールをあけて、彼らはレストランを出た。高梨は会社へ戻り、神木は家路につきながら「秋麗」を振り返った。

あれはいい、西野は芯まで枯れてはいない、そう思った。古い絵にしても、一度頂上を見た画家は次の山を目指さずにいられないからであった。今はそのための充電期間だという気がした。いずれ彼も絵もさらに力強くなるに違いなかった。車中での想像は日本を捨てた画家の晩成に及んで、まんざら儚《はかな》い夢でもないように思われた。

ルシヨンの浮世離れした生活を聞いたせいか、急によその風にあたりたくなって、その週末、彼は美咲を誘って車で丹沢へ出かけてみた。山には登らず、木々の吐き出す新鮮な空気を味わうつもりであったが、着いてみるとさわやかな秋晴れと紅葉が待っていた。土の道を踏むのは久しぶりである。登山口に車を駐《と》めて少しばかり歩くと、木洩れ陽が美しい。

「私、山をこんなに近くに見るのは初めてです、今まで嘘の山を描いていました」

美咲が言うと、神木は笑って手を引いた。

「地面をよく見ておけ、湿ると滑る、それも描けるようになる」

「画法も大事ですが、いろんなものを見ないとだめですね」

大学の先輩の紹介で神木の店で働くようになった娘は旅行を愉しむ余裕もなく、汲々とした学生生活を送っている。不如意に馴れておくのも画家の修養だが、キャンパスとバーだけの青春ではろくなものは描けない。いずれ画才を生かした仕事に就くとしても目を磨くのが先決であったから、神木は一日なりとその手助けをしたかった。

斜面を歩くと汗が浮かんできたが、山裾は寒いくらいで、彼らは清らかな空気を愉しんだ。木の根元から仰ぐ紅葉は黒ずみ、上方は日の光に揺れて色を散らしている。樹林を描くときに下地を黒くすると、この陰影が出ることを美咲は実感したように、

「少し色が分かりました」

と言った。この季節は葉裏の色もさまざまで、そうしたものを実見することなしに描くから嘘になるのであった。アポトーシスの落葉《らくよう》が美しいのは自ら命を絶つときの色づきのためで、ああきれい、で画家の目は満足しない。意識のフィルターを介して表出する色や形がその人の世界になる。すると、たとえ汚れた川や人間であっても、カンバスの上では生き返ることになる。絵は画家の祈りでもある。

「大切なのは体感と意識だろうな」

「神木さんはどうしてバーをやっているんですか」

「ひとことで言うなら、食べるためだね、私の絵ではとても食えない」

「生活を忘れて描けるようになったら幸せですね」

「それもどうかな、安閑としたら情熱も薄くなるかもしれないよ」

普段は話題にしないことを話しながら、ふたりは自然の休らいの中にいた。するうち後からくる人たちに追い越され、軟弱な足腰を露呈すると、神木はきた道を振り返った。

「戻ろう、手ぶらでこれ以上は危険だ」

「カメラがあったらなあ」

「目に焼きつけるさ」

登山口へ戻り、車に乗ると、神木は市街地を走り抜けていった。近くに小さな温泉郷があって、運がよければ別の角度から紅葉の山を眺められるかもしれなかった。

「歳のせいか疲れた、よかったら温泉に浸かって一泊しよう、心配なら二つ部屋をとるから食事と酒をつきあってくれ」

そういう言い方で思いやりを隠すのは彼の照れであったが、広い浴場と据え膳は娘の生活の疲れを癒やすはずであった。

行楽の季節にもかかわらず温泉場はすいていて、彼らは最初に覗いた古めかしい旅館に泊まることにした。女中の案内でおそろしく広い和室に落ち着くと、果たして紅葉が眺められたが、庭園のものであった。

「ああ、きれい」

美咲は見蕩《みと》れて素直に言った。

「ずいぶん広い庭らしい、明日の朝にでも歩いてみよう」

「贅沢ですね、でもこんなところにひとりで泊まったら怖い気もする」

「いつか恋人とくるんだな、そのときは今日のことは内緒だよ」

神木は冗談めかすことで若い女の緊張をほぐしていった。宿泊代がもったいないと言って相部屋を選んだ彼女の気持ちも美しいのだった。乱れ箱の丹前の上に貴重品を入れる巾着《きんちゃく》があって、持ち帰れると知っただけで破顔する若さであった。

旅館は旧家の趣である。父親と娘に見えるふたりはそれらしくしながら、静寂な空間に憩い、触れる物のなさに退屈もした。客室の端近《はしぢか》に吹きさらしの立派な風呂が見えて、神木はよいも

のに眺めたが、交代で入るわけにもゆかない。茶を一服してから、ふたりは共同浴場へ向かった。人目がないので、

「混浴だったらどうする」

「湯舟の端と端に離れて入りましょう」

などと馬鹿を言いながら、結構な距離を歩いた。美咲は下着の替えのないことを気にして、コインランドリーを欲しがった。百円玉なら自由になるのであった。

岩風呂の温泉に浸かると、神木は女性の肌のように優しい温もりに休らいながら、気になっていたことをあれこれ考えた。西野と自分のどちらがうまく生きているのだろうかと思うのは、互いに画才を持て余しながら、一方は美しいものに囲まれて生き、一方は美しいものから遠ざかっているからであった。困窮しても苦しくても、決めた道を一生歩いてゆくであろう西野と、同じ芸術を愛しながらふらふらしている自分との違いは、覚悟の差でもあるように思われた。今さら残りの人生を西野のように使うことはできないと思うものの、このまま流れて終わるのもつまらない気がするのだった。目指すものもなく、凡々と生きてゆくのは情けないことであった。都会擦れした人間のずるさで、なんにでも都合よく理由をつけて逃げるように生きてきたのかと考えさせられた。

長湯をして、長い廊下を帰ってゆくと、途中の窓から山が見えたので、彼は立ち止まって眺めた。庭園の木の間に現れた紅葉の山は鮮やかに燃えていながら儚くも見えて美しい。日が傾

きかけていて、秋の夕暮れは不意にやってくるので、じきに山は見えなくなるはずであった。するとと、この瞬間が今日の山の命にも思われ、彼はいつになくうっとりとした。自分のことながら、まだそういう心が残っていることに驚き、嘆息もした。するうち今も美しいものを渇望している自分に気づいて、ある衝迫を覚えた。それはいつか空虚な生活から逃れて、百円玉に頼りながら、誰も見たことのない美しい本を作ることであった。そのときのために窮屈な今を生きているのではないか。そう思わせてくれる休らいの中にいながら、いっとき別の世界に佇み、歩んできた道の狭さを思った。

水

思いがけないときに思いがけない夢を見るのはなにかの先触れであろうか。記憶の底に眠る厄介な汚泥が揺れると、そこからつづく歳月も濁りはじめる。編集者と打ち合わせを兼ねた酒につきあい、帰りそびれて泊まった浅草のホテルで神木はそんな夢を見た。終戦後の混沌の最中《さなか》に伯父が病死したとき、神木は幼かったが、その日のことをはっきり覚えているのだった。

病弱な伯父は兵役を免れたものの、家の厄介者となって、戦後は築地川の支川《しせん》べりにあったバラックの土間に寝起きしていた。一家は彼の両親と、三人の弟妹と、弟嫁《おとよめ》にあたる神木の母と子の八人で、夜は雑魚寝するしかない狭さである。戦争がなくても無学であった彼らは身勝手な信条を支えに生きて、女たちも蓮っ葉であった。九州の部隊で終戦を迎えた神木の父はどうしてか帰らず、空襲で実家と肉親をなくした母はひどい暮らしに耐えていたが、神木はそんな母にもだらしない大人を見ていた。耐えるだけで働こうとしないからであった。

朝方作る一日一食の食事の支度と洗濯が母の務めで、彼女は嵩《かさ》の増す雑炊ばかり作っていた。具のないときもある。神木は焚《た》き木《ぎ》になりそうな焼け材木を拾ってきたり、食糧難の時代にしては立派な天日干しの魚を盗んできたりしたが、ひとりでそううまくはゆかない。天日干しがすむと魚は消えてしまう。手ぶらで帰ると祖父が舌打ちし、おまえの頭はなんのためについているのかと罵《ののし》った。

酷薄な祖父母は伯父を土間に放置して、見殺しにする態度であった。痩せて目だけの光る人は街にも大勢いたが、伯父の痩身は結核のせいであった。どうせ死ぬのだから、とろくに食べ物も与えず、孫の神木に水を運ばせるのが彼らなりの親身であった。

「医者を呼んでくれ」

声の出るとき、伯父は口癖のように言ったが、誰も本気で聞いていなかった。バラックからは進駐軍に接収された大病院が見えていたが、土下座して助けを請う気持ちすらないのだった。あるとき母が小声で言った。

「伯父さんに近づくんじゃないよ」

「でも、水をあげなくちゃ」

神木が逆らうと、母は彼の耳たぶをひっぱりながら、移る病気なんだし、無駄だよ、と鬼畜の言葉で言い含めた。誰もが生きることに懸命なときに、お粗末な人間性も顔を出すのであった。

大人たちは食と金の算段に明け暮れ、家を出るとどこでなにをしているのか分からなかった。祖父母は物色の散歩を日課にし、女子供が持ち帰るものに期待し、あとは無能に見えるらしい世間を小馬鹿にして暮らした。学齢に達していなかった神木は自給という義務のために少しずつ遠くへゆくようになり、駅や雑踏での物乞いを覚えた。サツマイモひとつが大収穫に思える困窮であったから、日々の遠出は人の見かけと性情を見分ける訓練にもなった。しつこく縋《すが》れば負ける人と、哀しい笑顔にほだされる人がいることに気づくと、彼は自分自身を使い分けた。子供ながら洞察力がつくのはでたらめな家庭のせいであったが、街で教養のありそうな人を見かければ心から仰いだ。そういう人たちはすでに背広を着ていたし、女性は見るからに清潔であった。敗戦という苦難を等しく迎えたはずであるのに、彼らは美しく闊歩《かっぽ》していた。

その靴を磨いて稼ぐ人と、乞食をまねる傷痍《しょうい》軍人の凌《しの》ぎようを見るにつけ、神木はどうにか生きているであろう父の姿を思い合わせた。空襲か肉弾戦でもないかぎり、内地で負傷するはずがないので、読み書きのできない父はどこかで途方に暮れているのではないかと思った。彼が出征したとき、家は浅草にあったし、その前は鴻巣《こうのす》であった。

神木は川沿いに歩いて浅草まで行ったことがあるが、全く知らない街になっていて、おぼろげな記憶の父を探すどころか、恐ろしくなってすぐに引き返してきた。母はそんなこともしなかった。

一日を外で暮らして家に帰ると、おやつとも言えない汁が待っている。米のとぎ汁に醬油を垂らしたようなもので、それが彼の夕食であった。叔父や叔母たちは帰宅が遅く、夕食は外でどうにかしているらしかった。母は配給の列に並ぶ以外は家にいて、祖父母の命令に従順であったが、どこか強《こわ》い人でもあった。たまに浅い川をさまよう子供を見ても平気で洗濯物を干し、汚水を流した。

叔母たちが帰らない日があって、そんな夜はバラックが広く見えて寒い気がした。叔父は気性の激しい人で、よく顔に痣《あざ》や傷を作ってきては安酒《カストリ》を呷《あお》った。当時の殴り合いは血まみれになるまでやったので、次の日は動けないこともあったが、

「稼いでこい」

と祖父が追い立てるのだった。やはり無学な叔父はやくざに憧れて、手っ取り早く稼ぐ夢を見ていた。

銀座の松坂屋あたりに進駐軍相手の慰安所があり、叔母たちはそこに通っているという近所の噂であったが、それにしては身なりが貧しかった。将校が相手のクラブで働けるほどの美貌でもなく、英語を覚えるような知性もない。彼女たちの話すことといえば男と金のことで、

「いいカモを見つけたわ、今度のは上等よ」

そう上の叔母が言うのを神木は聞いたことがある。

「うまくやれよ」

「あれだよ、あれ、あれが一番さ」

そのときの祖父母の表情は明るく、言葉は下等な人間の悪巧みを思わせた。

「任しといて」

そう言った叔母も彼らとさして違わない気がした。

そんな家庭であったから、神木は叔母たちの商売をなんとなく察しながら、とりわけ卑しいとも思わなかった。ただ清潔な姿で銀座を歩く人たちと違うことは分かった。

伯父はこの低俗な一家にあって道徳を知る人で、人間の出来もよく、神木が水を運んでゆくと、なんとしても学べ、とすすめた。学ばなければこうなるという見本に囲まれていたので、神木は伯父の言葉を理解したが、その方法までは思いつかなかった。

あるとき、彼が一冊の本をくれた。寝床に隠していたらしく、手垢《てあか》と結核菌で汚れたような本であった。幼い神木にはなんの本か分からなかったが、売れるような気がして持っていると、見つけた母が取り上げて川へ放り投げてしまった。あとから思うと聖書だったような気がしてならない。

そのころから伯父の容体が目に見えて悪くなり、神木が水を差し出しても飲めなくなっていった。やくざな叔父が家に寄りつかなくなって、本当にやくざの道へすすんだらしかった。叔母たちの化粧が濃くなり、ある日酒の匂いを纏って帰ってくると、祖父母と口論になった。次の日から上の叔母が行方をくらまし、下の叔母も数日後には家を出ていった。わずか半月の間の出来事であった。

収入源を失った祖父母が激怒して母にあたる日がつづくと、水も飲めない伯父が涙を流すことがあった。それが最後の抗議であったかもしれない。

ある朝、神木は彼の死を目にした。病死とも餓死ともつかないありさまで、ほっとしたような顔と折れそうな指が自分に向けて別れを告げているように思われた。枕許に水の茶碗を置いて、髭の顔に布団をかけてやっていると、気づいた祖父が、この役立たずめ、面倒ばかりかけやがってと罵った。その日、母は配給の券をもらいにゆくと言って出かけていったきり戻らなかった。神木は不安な夜を過ごしながら、漠然と事態を察した。

母を探すでもなく二日ほど待ってから、彼はポケットに米を詰めて家出した。祖父母を捨てるという意識は薄く、自力で生きてゆくしかないと思いつめていた。足は浅草へ向かい、やがて上野に辿り着いた。

駅には行政の強制収容《かりこみ》を逃れたか、施設から脱走してきた戦争孤児たちがまだいて「浮浪児」とか「駅の子」と呼ばれていた。

「見かけねえ面《つら》だな、金持ってるか」

声をかけてくれた少年の世話になり、神木は次の日から物乞いと窃盗を繰り返した。靴磨き脱走してきた口であった。

の道具を揃えるのにも金がいるのだった。兄貴分の少年はひさしといって、板橋の養育院から脱走してきた口であった。

「あんなところにいられねえよ、まともな飯なんか出ねえし、天然痘や腹痛《はらいた》で毎日どんどん死んでく、それをまとめて庭に埋めちまうんだからな、ここの方がましだよ」

シケモクを吸いながら、彼は話した。食糧難と資金難とで施設のひどさはどこも似たり寄ったりらしく、本気で孤児の保護を考えている人すら少ないときであった。大量の引揚者と失業者を抱える国にも、今日明日の生活を送る国民にも余裕がなかったと言ってしまえばそれまでだが、駅の子供たちも好んで孤児になったわけではなかった。

ひさしは近くの蔵前の出身で、終戦の年に小学校の卒業式のために東北の疎開先から帰ると、街は焼け野原で家も肉親も灰になっていたという。駅の生活にも餓死や凍死の危険がつきまとうが、以来ひとりで生きてきた少年は頼もしく、冷たい社会から身を守る術を身につけていた。

「ポケットの米、出しな、食える物と取っ替えてきてやる」

彼は言い、本当にそうした。

そのころ東京の街は急速に復興へ向かっていたが、子供にそのお零《こぼ》れがまわってくることはなく、孤児は施設か親類の家で我慢するか孤児のままであった。

「天気のいい日にどこかで着る物をかっぱらってこようぜ、洗濯した物は暖《あった》けえし、狩り込みの目を眩《くら》ませる」

盗めばなんとかなる生活をつづけるうちに神木も処世の知恵をつけていった。なんとしても学べ、と言った伯父の言葉とは違う気がしたが、ひさしから学べることは学ぼうと思った。ほかに恃《たの》める人もいなかった。

人々は自身を食べさせることに忙しく、彼らを無視するか蔑視した。戦争を始め、国民を死なせ、疲弊した国は無力であった。

「大人のしたことで俺たちが苦労するのはおかしい、戦争中に威張り腐っていた奴らにいつか仕返ししてやる」

ひさしはそう言って、盗みが正当防衛であることを神木に言い含めた。社会への恨みはそういう形で心に巣くい、あらゆる悪さの言いわけにもなった。しかし、やがて彼らは靴磨きをはじめた。なんとか生き延びて人間らしく暮らしたいという大それた夢も生きているからであった。思春期に差しかかっていたひさしには性欲もあって、そのためにも稼ぎたいと言って憚《はばか》らなかった。神木は咄嗟《とっさ》に金だけの叔母たちを思い浮かべて、それこそくだらないと思った。

地下道のねぐらは雨は凌げるものの、暖はとれない。背中合わせに寝ていると、ひさしが震えているのが分かるときがあった。平素は意気地《いくじ》をみせる男がなにかに怯えているような震えであったから、神木は気になって目覚めた。今日を生きて明日死ぬようなことになっても、それは覚悟済みのことであったし、靴磨きもうまくいっていたので、震える理由はひとつしか思い当たらなかった。

「ひさ兄い、大丈夫だよ、俺がいるよ」

彼は心のうちで言い、自分にもある恐れを勇気に変えながら、足をふんばった。するうち眠ってしまうのだったが、ひさしの震えを忘れることはなかった。

「さあて、今日もやったろか、その前に飯だな」

朝がくると、彼はさっぱりした表情でそう言った。

温かいものに飢えていたふたりは露店の食べ物屋へゆき、得体の知れない煮物のスープを値切った。そのあと名ばかりの肉まんか蒸しパンを買い、それで一日を凌ぐのであったが、儲かると似非《えせ》チャプスイにありつくこともあった。一日は次の食をかけて働くことで暮れていった。

ある日、ひさしが腹痛を起こして駅のトイレで動けなくなると、神木は薬を探しに走った。一服の腹薬《はらぐすり》を調達するのにも時間がかかって駆け戻ると、

「赤痢かもしれねえ、近寄るな」

収容先の施設でそんなふうに死んでいった仲間を見ていた彼は、神木を突き放した。それでも心配になってときどき見にゆくと、いっそう青ざめてぐったりしていた。

「医者を呼んでくるから」

神木があてもなく言うと、

「それよりきれいな水をくれ、外のだ、それだけでいい」

彼は声を絞った。医者を連れてくることなどできるわけがなく、持って生まれた運に任せる

口ぶりであった。

神木は駅を出て顔見知りの煙草屋で水をもらってきたが、零さないように歩いてきたせいか、ひさしはいなくなっていた。どこかでうずくまっているのではないかと思い、夢中で探しまわったものの、どこにもいない。仕方なく地下道のねぐらで待ってみたり、トイレを覗いたりして過ごした。

人身事故のアナウンスがあったのは真昼のことで、

「浮浪児が飛び込んだらしい」

雑踏からそんな声が聞こえてきた。駅に押し寄せる人々は人が死んだことよりも動かない電車を気にかけて、足止めの不便に気を揉んだ。実感の湧かない神木は泣けなかったが、その夜はあてどなさに震えた。

「浮浪児だから、なんだ、おまえらだって食うために働いているじゃないか」

腹が立ち、以前から目をつけていた民家の靴を盗んだ。

その数日後であったか、彼は思い切って皇居の濠端へ移動した。日に日に暖かくなっていたし、どうせ死ぬなら美しいものを見ていたいと考えた。果たして皇居は瑞々《みずみず》しい緑に溢《あふ》れ、見苦しいものがなく、広い外苑も整っていた。心なしか人々の足どりにもゆとりがある。手作りのグローブでキャッチボールをする子供たちを見ると、別世界のことに思われた。

堤の木陰に孤児たちがいて、彼らは軍用の大きな缶詰から腐った豆のようなものを食べていた。夕方、心細くなってついてゆくと旧陸軍省の焼け跡に暮らしていたので、神木は持っていた食べ物を分けて仲間に入れてもらった。

「水だけはきれいなものを飲まなければだめだよ、赤痢になったら助からないから」

思いのほか親切な孤児たちに、彼はひさしから学んだことを教えた。

駅に比べると、濠端の一日は閑々《かんかん》としている。靴磨きの商売は上がったりで、近くのビル街へ出かけてみるが、そこも上野と違ってきれいな靴で歩く人が多かった。国会議事堂は戦争などなかったかのように無傷で建っていた。そこへ入ってゆく男たちは日本再建の志士たちのようでありながら、たったひとりの戦争孤児すら救えないのであった。

あるときカメラを持ったアメリカ人の将校と夫人らしい夫婦連れについてまわり、ふたりの写真を撮ってやると大金をくれたので驚いた。彼らにとっては小銭なのだろうが、半月は凌げる額であった。味を占めた彼はそれも商売にし、気に入られるように顔だけでも清潔にすることを心がけた。すると意外なことにアメリカ人は金をくれなくなり、笑顔でなにか言うだけになった。日本人の女性を連れた黒人はやたら陽気で、女の手前、神木に手を振りながら茂みを探すことに夢中であった。見窄《みすぼ》らしい子供にも優しい反面、彼らはやはり驕《おご》る勝者なのであった。

日本人はどうか。失業中の大人は日給二百四十円の仕事を奪い合い、ニコヨンと呼ばれていた。彼らも戦争のために貧しくなった人たちで、やっと復員すると生活の苦労が待ち受けていたのである。戦中は銃後の備えに明け暮れ、うんざりもしていた女たちはたくましく、降って湧いた自由を愉しみ、一時的に成功した人は世間に華やかな姿を誇った。食べてゆくために男と女のすることは違っていたが、どちらも人間として美しいとは言いがたかった。

清潔な下着や靴下、自分たちを案じてくれる人の目、親の抱擁といった温かいものに飢えていた神木は、美しいものにもそれに代わる力があるのに気づいて癒やされた。晴れた日の皇居は美しくのどかで、ゆったりとしている。濠端を歩くアメリカ人の女性は姿勢がよく、指先まで美しい。乳母車の赤ん坊もふっくらとして、両親の愛情をたっぷりと浴びている。人のものを盗まずに生きられる彼らは、それだけで美しく、日々の生活を愉しむ方法を知っているようでもあった。

生きるためとはいえ自身の心が汚れていることに気づくと、神木はひたすらうなだれて静思した。けれども死なないために今日を生きているような子供の頭に浮かぶことは生活手段でしかなく、どこかの森に隠れ家を作って食料を溜め込むといった幼稚な未来図であった。伯父が生きていたらどうするだろうかとも考え、彼なら貪欲にアメリカから学ぶだろうと思った。しかし、それはあの伯父だからできることで、通りから通りへ浮浪している子供にできることではなかった。

生きてゆくためにいつかしら歪んでしまったらしい性根を、彼は醜いと思った。必要なのは食べる物であり、着る物であり、人の温もりであったが、盗めないものほど欲しくなるという渇望と無力の泥沼に陥った。それでも腹がすくので働き、今なら盗《と》れると思うものに手を出した。焼け跡のねぐらに帰って仲間と分け合うときのなんとも言えない喜びが罪悪感を薄めるのであった。

濠端に暮らして数ヶ月もしたころ、彼は吹きさらしの堤に立って暢気《のんき》に絵を描く人を見た。裕福な人らしく、足下に弁当の包みや水筒があるのを見ると、あまりに警戒心がないので盗れると思った。寄ってゆくと、カンバスの絵は鮮やかで、本物の皇居より華やいでいる。その絵と皇居を見比べながら、神木はしばらく男のうしろに立っていた。次は緑を使うだろうと見ていると、男が選んだのは赤であった。皇居のどこにそんな色があるのかと探してみるが、一点の赤も見えない。するうち男が気づいて、

「坊や、絵が好きか」

と言った。振り向いた顔は親しげな笑みを湛《たた》えて、お人好しのようであった。

「この絵をどう思う」

「きれいだけど本物じゃない」

「写実はつまらんよ、本物そっくりに描くなら写真で間に合うだろ」

「でたらめよりましだよ」

「そうか、じゃあ、ゴッホもゴーギャンもでたらめか」

神木は男がなにを話しているのか分からなかったが、本物にも増して美しい絵には惹かれた。

ただ表現という言葉を知らなかったので、なにかを学べるような気がして男の一言一句に耳を傾けた。

「絵はね、好きなように描いていいんだ、カラスだって、そのときの気分で違って見えることがあるだろう、昨日は憎たらしく見えたのに今日は哀れに見えたりする、そこを描くと同じものが違うものになる、自己流であれ本質を見つめて描くものはたいてい深くなり、美しくなる、分かるか」

「半分くらい」

「すごいな、半分も分かったか」

男は言い、にやりとした。

「君なら、この赤をどこに塗る、やってみなさい」

神木は美しい絵を壊すようで恐ろしかったが、しばらくして濠の水面を赤く塗った。それは血に染まった伯父の茶碗であり、死体の流れる川であり、そんなふうに思い定めてみると皇居ののどけさが不遜《ふそん》なものに見えてきたのだった。

「怪しいな」

飄々《ひょうひょう》とした男は言った。

「しかし力強い」

「これは血だよ、力強いなんてことがあるものか」

「私にはそう見えるのだから仕方がない、だが明日は椿の海に見えるかもしれないぞ、君はあの大空襲のとき生まれていたのか」

「うん、でも覚えていない」

「それはよかった、しかし、たぶん見たのだろうな、怒りより情熱の赤を使えるようになると絵は美しくなる、すると見えるものも違ってくる」

神木にはむずかしい言葉で、そのときは嚙《か》み熟《こな》せなかった。ただそれまで聞いたことのない豊かな響きであったから、思いのほか心に残った。彼は自分の歳も忘れかけていたが、伯父の言葉は覚えていた。

「死んだ伯父さんが言ってた、汚いものばかり見ていると目も汚れる、そんなときこそ美しいものを探せって」

「その通りだが、我々の現実はあきれるほど汚い、そこで苦労しているらしい君もきれいとは言えないだろう」

「いっぱい悪いこともしてきたけど、俺だって本当は正しいことを学びたいよ、でもそれより御飯を食べられるようになるのが先だから」

「それはそうだ」

男はポケットの中で小銭と眠っていたようなキャラメルをくれて、人とこんなにお喋りをしたのは久しぶりだなどと話した。絵描きの世間は案外狭く、生活苦よりましな話題のない世間とも違う色を持つらしかった。キャラメルの甘さにほっとするうち、赤く染まったカンバスの絵は醜くなってゆき、やはり本物の皇居が美しく見えていた。幼稚な、しかし心の通う言葉の継ぎ合いをしながら、それなりに豊かな時間を愉しんでいると、しばらくして男が言った。

「ひとつ取引をしないか、この荷物を持って家まで送ってくれたら、風呂と飯をご馳走しよう、途中で投げ出したら、その時点で反故《ほご》だが、歩けるか」

「平気だよ、そのかわり話が違ったら仲間と仕返しにゆくよ」

神木は子供なりに用心しながらも、温かい風呂と飯の魅力には抵抗できなかった。騙《だま》されたとしても命のほかに失うものもなかったので、男に言われるままに画材を担いだ。それが一生を変えることになる出会いであったが、その幸運を存分に生かしてきたかどうか、好い年になる今も答えは出ていない。

朝食をすませて浅草のホテルを出ると、神木は懐かしいというより、なにかを確かめたいような気持ちに任せて隅田川の岸辺を歩いてみた。前夜の夢を覚えていたので、当然のことながら様変わりした景色に長い歳月を見る思いであった。駒形橋から厩橋《うまやばし》を過ぎると、ひさし少年の生まれた蔵前である。彼の名をもらって新しい人生を歩んできた神木にとって、その面影は守護神でありながら、不幸の象徴でもあった。不意に現れる幻影は今も慕いたくなるような近しさと同時に、死の臭いを連れて迫ることがあった。

兄いの分も生きてやる、と思いつめた日がある。養父の保護を得て人間らしい暮らしを覚えてゆくほど、ごまんといた孤児たちのその後を思うからであった。酷薄な肉親のことは忘れた。

終戦から二十年もすると日本は目に見える復活を果たしたものの、その一方で産業排水を垂れ流し、大気を汚染した。世界に誇れる清水《せいすい》に恵まれながら、水道の普及に努め、都市開発をすすめると、川が汚れ、海も魚も汚れた。人々は学び、働くことに熱心で、豊かな生活を築くことに邁進《まいしん》する。醜い過去となった戦争体験や駅の子たちは記憶から弾き出され、かわりに美しい映画や音楽が心を埋めてゆくと、快く浮かれるしかない。だが神木は忘れなかった。女性を愛し、芸術を愛しながら、浮浪児の孤独だけは忘れずにいたので、ときおり自家中毒を起こした。

「優しいのね」

と女性に言われ、優しい人間を標榜《ひょうぼう》しながら、女性を不幸にしたこともある。完璧な人間などいない、と自分に言いわけし、自分らしさを許した。そんなふうだから、命を拾った人間特有の根性も不敵な闘争心も薄れていった。そのうち歳月が流れて、人も社会も変わる中で、我《わ》が儘《まま》な人間を生きてきたに過ぎない。そう思い当たると、原点から人生が崩れる気がした。

歩くうちに、むかし隅田川の岸辺から卒塔婆の群れを見たことを思い出すと、彼はどのあたりであったかと思い巡らした。川の中央に不自然なほど卒塔婆が立っていて、浅瀬であることは分かったが、誰が誰のために立てたものかは知らなかった。たぶん空襲の犠牲者の魂を鎮めるためだろうと想像したが、あとになって、あそこは関東大震災の犠牲者が大量に流れ着いた場所だと誰かに聞いたような気もするのだった。

その後、護岸工事に伴う浚渫《しゅんせつ》によって川の卒塔婆は消えてしまい、岸辺にビルが林立すると、川の眺めも一変した。夜は明かりが並び、今風の屋形船がのどかに走る。死体で溢れた川を知らない人々が高層ビルから手を合わせることはないだろう。川べりのテラスと呼ばれる道を次の橋の近くまできたとき、ベンチに休む老人がいたので、彼はなんとなしに目礼してから訊いてみた。

「この辺りだったと思いますが、むかし川の真ん中に卒塔婆が立っていたのをご存じではありませんか」

「ああ知ってるよ、あらあ、佃島の連中が立てたんだから、もっと川下だろう、築地あたりじゃないか」

「そうでしたか」

「あんた、ここらの生まれかい」

「いいえ、しばらく働いたことがあるだけです、久しぶりにきたものですから」

「整備されてつまらない川になったろう、豊かになるってのはこんなもんかね」

「また変わりますよ」

「生きてるうちに変わってほしいね」

神木はうなずいた。それは生きられることのありがたさを知っていながら、未だにふらふらしている自身のことでもあった。老人と別れて下流へ向かいながら、卒塔婆とは別のことを思いはじめると、かつて子供のあてどなさに寄り添ってくれた川は冷たく、知らん顔をしているようであった。コンクリートの川端に鉄柵がつづいて、人は川の水に触れることもできないのだった。柵の途中にビニール紐で括《くく》りつけた人形が揺れていて、ひどい姿なので、彼は川へ流してやった。そうすることが川で死んだ人たちの供養にもなるような気がしたのだった。

あれから随分生きてきて、やたら長く感じる歳月もあったが、過ぎてしまえば人の一生は短く、彼自身もそろそろ終わり方を考えなければならないときにきていた。なんとか暮らしてゆけることに自足して過ぎた日々は儚く、無分別に情熱をそそいだ時間だけが今は美しい記憶であった。晩年を意識したときから、もう一度なにかに懸けてみたいと思うようになり、手遅れの夢を見るのは皮肉なことであった。けれども神木久志を生きたからには、拾った人生の始末をそれらしくつけなければならなかった。

伯父が命を拾っていたらどうしたであろうかと思いながら、川下へ歩いてゆくと、生の虚しさとも喜びともつかないものが胸に湧いてきて、どうにも始末に負えなかった。休日の川べりに人が出はじめて、子供がはしゃいだり、母親が叱ったりする中を、彼はしかし暢気な散歩のふりをして歩いていった。

あの春がゆき　この夏がきて

春先から初夏にかけて、よく南から風が立つのは海のせいであろう。太平洋に臨む街は小さく、防風林もなく、豊かでもないが、人々はあけっぴろげの土地のようにたくましく暮らしている。戦時中は疎開する人が押し寄せたものの、当時の人に永住するほどの魅力はなかったとみえて、以来街は自然に恵まれたつましい生活を保っている。神木が夢のアトリエを持つために家とバーを処分し、長く暮らした川崎から移住してみると、しかしなんの不都合もなかった。たいした予備知識もなく彼が新生の地に選んだのは房総半島のかつての漁村で、アトリエは高台の片隅に生まれた。中古住宅が豊富にある土地で、それだけ高齢の人も多いが、美しい海が若者を呼ぶ街でもある。近所に人形作家や画家や音楽家がいるのもどこかカルシヨンを思わせて、あてどない心の支えになった。

土地の人は気さくで、都会の勤め人よりも元気で、普段着のような身なりで時給の仕事に就く人が多かった。一軒しかないスーパーで探し物をしていると、

「ちょっと待ってて、いま出してくるから」

と優しい。顔馴染《かおなじ》みになると、店員がレジを打ちながら、米は金曜日が安いよ、などと教えてくれる。開店時間もいい加減で、せっかちな年寄りが並ぶと三十分も前に開けてしまう。雨の日に買物にきてくれたというだけで、ひとり一パックと案内している特売の卵は、いいから二つでも三つでも持ってきなということになり、納豆に至っては冷凍すれば大丈夫だからと安値のうちに買い置きをすすめる。そんな温かい街を知ると、皮肉なことに上野時代の寒さが思い出された。

引退して自適の身になり、同人誌の存続に血を燃やす高梨がようすを見にやってきたのは、引っ越してまもない春のことである。もうたくましいとは言えない男のひとり暮らしを点検したり、美しい砂浜に立ってみたりしながら、夜の酒になるのを待って彼は話した。

「実は里子が亡くなった、心臓に持病があったらしい」

「いつのことだ」

「ふた月ほど前になる、遺言で、知人への通知は墓に入ってからということになっていたそう

だ、用意周到というか彼女らしい心遣いだが、正直あわてたよ」

「あの里子がね、そんな人だったかな」

神木は四十年も前に肌を合わせた日々を思い巡らした。達者な口と違って繊細な女性であったが、当時の彼には気分屋のお嬢さまに見えているところがあった。それでも抱き合えば愛しい人である。彼の方も人格者から遠い男であったが、肉欲のうちにも未来を考えるだけの情があったことを覚えている。

「それで、幸せな一生だったようか」

「そう思うが、こればかりは傍目《はため》には分かるまい、ああ見えて辛抱強いところがあった」

「最後に会ったのは？」

「数年前になる、会えば学友だが、我々の歳になると疎遠も仕方がない、おまえの話になるとにやにやして女学生のようだった、気があったんじゃないかな」

「今夜は里子のために飲もう」

高梨も半分はそのつもりで訪ねてきたのであった。彼は瑣末《さまつ》なことをいろいろ覚えていて、あのときはこうだったというようなことを延々と話せる男であったから、お喋りは任せておけばよかった。神木は聞きながら、懐かしい人の人生をなぞった。それはおよそ幸福なものに思われたが、手堅い生活をとった分だけ本来の情熱を秘して生きたのかもしれないという気がした。今も潑剌《はつらつ》としていたころの面影が見えるだけに、薄情な歳月の重さを感じないではいられなかった。

「たしか彼女の実家は鮨屋だったろう」

「ああ、菊鮨といって今もあるが、まったく別の店になってしまった」

「行ったことがあるのか」

「そりゃあ行くさ、鮨屋の娘を友達に持って行かないほうがおかしい」

神木は行ったことがなかったので、それも若さの不始末であったかと思った。職人の父親に握ってもらう鮨を平気な顔で食べられる神経がなかったからだが、里子から見れば親に挨拶もできない関係ということになったのかもしれない。今だから分かることがあれこれ出てくると、神木は素直に詫《わ》びたい気持ちであったが、高梨はそういうことには気づかずにべらべらと話しつづけた。

「まあ、あの元気な里子が先に逝って、俺たちがこうしているのも人生だよなあ」

と彼は言った。そんな言葉で片づけられない神木はしょうことなく笑いながら、吐息を繰り返した。ある怖れがあって不義理をしたのは自分であったし、もし会っていたら笑って飲めたかもしれないと思うとひどく情けなかった。彼女は別の男と結婚した時点で割り切ったはずであった。

「一度は墓参りに行かんとなあ」

「行くなら早い方がいい、つきあうよ」

高梨はひとりまたひとりと欠けてゆく古いつながりを維持することにも熱心で、同じ時代を親しく生きた人間への愛着がそうさせるらしかった。歳のせいか、神木も急に分かる気がした。戦後の上野からはじまった人生を終える段がきて、美的生活へ還ろうとするとき、なにがしかの縁があった人の不幸を知るのは不吉なことであったが、彼は手遅れの話を死者からの教示として味わっていた。涙を流すとしたら別のときがよかった。

供養になったかどうか、しみじみ里子を語り合ったあと、彼らは酔いに任せて腹の思いを言い合った。

「どうだ、たまには書いてみないか」

高梨が言えば、神木は鼻で笑って、同人誌のために原稿がほしいのかと言い返した。

「いけないいか、ロートルの文章を読んだら若い人の目も変わるだろう、彼らは想像力はあるが、ほとんど無から想像している、そこが小説としては大いなる疵《きず》でね、なんとかしてやりたい」

「ほっとけばいい、そのうち挫折して、そこから新しい想像がはじまる、人に言われて気づくような脳味噌から佳いものは生まれない、文学に限らず芸術はそういうものじゃないか」

「四十年前に聞きたかったな、俺は芸術に関わって生きていながら芸術家にはなれなかった、関わることに満足してこの歳まできてしまったが、おまえは違うらしい」

「似たようなものさ、画才も文才もないから装幀をしている、だがそこにも美はある、たとえば美しいグラスで飲むと酒も美味くなるだろう、美味い酒は造れないが、グラスなら作れる、そんな気がしてね、この際やれるところまでやってみようと思った、一冊の美しい本ができたら、生まれてきた甲斐があるってものだろう」

実際、アトリエの機材や資料はそのためのもので、絵を描くとしても装幀のために描くつもりであった。人生の締めくくりに精魂を傾けるものがあるのは幸せなことであろうし、金を得るだけが仕事ではないと思うところまで彼はきていた。老いて、美しいものを目指して、もし辿り着けるなら、こんな幸せはないだろうとも思う。

「同人誌も長くなった、実は記念号をハードカバーで作りたいと思案していた、予算もあるが美しい本にしたい」

本当かどうか、高梨はそう言った。老いぼれた装幀家への心遣いという気もしたが、神木はそれでもいいと思った。

「俺でよければやらせてほしい、金はいらない、ただし任せてくれ、美的感覚は人それぞれだが、まれに誰もが美しいと思うものがある、一冊の本をテーブルに置いてそのままにしておきたくなるようなら、それは間違いなく美しい、点景にもなれば生活に同化もするし、刺激にもなる、そんな本をな」

「みんながいたら盛り上がるだろうなあ、おまえは俺にではなくみんなの前でそういうことを言うべきなんだ、川又さんや里子がいたら接吻責めにあうところだ」

「そりゃあ、ごめんだ、そこだけはおまえに任せる」

神木は茶化したが、それぞれの唇を知っている幸福感と苦さが胸を掻きまわした。嬉し哀しい酒に酔ってゆくと、高梨の話は支離滅裂になってゆき、そこが彼らしいことでもあったから、神木は懐かしい気持ちでつきあった。久しぶりにだらしなくなってゆきながら、彼はしかし密かに明日からの闘いを思いはじめていた。それはどんなときにも脳裡《のうり》から離れない衝迫になっていた。

終わりを感じる体と精神になって人生を見失い、もう一度性根を据えてなにかに懸けてみようと考えたとき、彼には美しい本を作ることしかできそうになかった。煎じつめればそのために今という時間があるのだと思わずにいられなかった。根をつめて美しいものを目指す作業は食生活を乱し、衰えた命を削ることにもなったが、同時に生かすことでもあった。

平凡な人間に見えながら実は情熱家として熟してゆく人がいるように、彼はアトリエの日々に小さな実りを重ねていった。それまで試みたことのない配色の妙に目覚めたり、新しい素材の紙にデザインの可能性を発見したりしながら、今の自分だから見える斬新な美を具現することであった。紙の分野でも誰かが同じように闘っているのだと思うと張り合いになったし、のんびり海辺の生活を愉しんでいる暇はなかった。

一日は遊び心と紙一重の格闘のうちに過ぎてゆき、満足のゆくデザインには至らないものの、成果は目に見える仕事であった。手がけてからそろそろひと月になるカバーは、ちまちました人間模様に終始する文芸に風穴を開けそうな新人の佳作のためのもので、装幀も新しくなくてはならない。核となる女性像と色彩の組み合わせに彼は新機軸を見ていたが、不馴れなせいか、デザインは日めくりのように変化してゆく。おもしろいのは小説との出会いで、便利になる一方の社会がつまらなく思えて、生活や精神にゆとりをもたらす進化がほしいと考えていたとき、この若い得体の知れない作家がその方向性を示してくれたのであった。

「井上靖に似ている、新しいが古臭い、どちらを出すかは任せる」

体よく丸投げしてよこした編集者のためではなく、作家のために、ひいては自分自身のために神木は格闘していた。装幀で作家のカラーが決まってしまうこともあるので、彼は真剣であった。そのために三ヶ月の時間をもらっていたが、すでに足りない気がしはじめていた。

パソコンの画面で作るデザインはあっという間にできてしまうかわりに、指先ひとつで消せる命でもある。同じ像が配色でがらりと表情を変えるので、神木は幾度も試した。印刷して色調を確かめ、画面でよしとした色との違いを調整する。文字の大きさや位置や色も変えてみる。最も無難な白抜きは最も危険な色でもあって、背景の色調によっては無様である。くっきりすっきり目立てばよいという編集者に造形美術でもある本を作る資格はないが、現実は彼らの思惑で動いている。そういう仕事を捨てて創造の権利を手に入れた神木は、楽になるどころか自身の執念に縛られた。デザインは根をつめたからといってよくなるものでもないが、やらずにいられなかった。ある発想を得てのめり込んでゆくときの期待と、一日を潰したあとの疲労感は毎日繰り返されて、これでよいというところへゆかなかった。版元の目で見れば悪くないものも、美の篩《ふるい》にかけると目もあてられない。

「敗北か」

と鬱《ふさ》ぐ夜は眠れなかった。それでも次の朝には性懲りもなくアトリエに入った。前日のデザインを破り捨てて白紙の状態からやり直すこともあれば、頼りない美点に希望を見出すこともあった。異国の感性に学ぶために高価な洋書を買い漁《あさ》りながら、昼には小銭を握りしめて弁当を買いに走った。のどかな海辺の街ですることでもないのにと自分を笑いながら、美しいものを欲する気持ちだけで生きていた。生むことに没頭すると、装幀料はもらう前にトナー代に消えてゆき、仕事の意味をなさなかったが、この狂気染みた努力と執念は次の本に生きるはずであった。

「君もやっとはじめたか、間違うと寿命を縮めることになるが、なんとなく生きて終わるよりはずっといい、そのうち目の奥で分かるようになる、いつか美しい本ができたら送ってくれ、俺の絵とどちらが美しいか比べてみたい」

ある日、ルシヨンの西野から思いがけず激励の便りが届くと、生き延びていたか、と安堵する気持ちであった。人恋しい男になったとみえて、彼の綴《つづ》る言葉は恥ずかしいほど人間臭くなっていた。それでいて肝心なことには画家の鉈《なた》で切りつけてきた。

「困ったら美しい女体を思い出せ、可憐な花など目じゃない、風景にも一枚の皿にも密かに女体を置くという手がある」

神木はなんとなく分かる気がした。およそ美しいと感じるものには人知を超える生命力があり、見入るほど生動感を醸すからであった。本の装幀でそんなことができるかどうか分からない。主人公を思わせる人物像を置いて、はいどうぞ、といった顔で読者を待つカバーにそんな深さはないし、思わずさすりたくなるような親しみも湧かない。音楽のアルバムカバーにも負けているというのが実感で、編集者も出版界も自画自賛をやめて本気で他者に学ばなければならないが、いくら言っても伝わらないので、彼は自身を相手にひたすら美しいものを目指して闘うことにしたのだった。装幀家ひとりが反乱を起こしたところで笑われるのが落ちであった。

「もう気づいているだろうが、芸術を仕事にすると孤独になる、苦しい、だが、ある瞬間には強烈に生きている実感が湧いてくる、それが本当の報酬だろう」

便りにはそんなありがたい言葉もあって、神木は気の滅入る日の支えにした。ルシヨンにも鬱陶《うっとう》しい季節があるはずだが、そこを生涯の地と決めて長い西野はすでに芸術とともに生きることの極意を摑んでいるのかもしれなかった。

「空気を食べられると感じたら、まず白湯《さゆ》を飲め、次に砂糖だ、それで生き返る」

と彼は書いていた。

着想にゆきづまって息切れがしたころ、外の空気を吸いに出ると、思いがけない訪問者があった。玄関先でばったり顔を合わせた人に彼は心当たりがあったが、どうしてそこにいるのかは見当がつかなかった。中年の女には連れがいて、娘らしかった。どちらも日本人離れした容貌と服装である。若い女は彼を見つめて黙っていたが、そのうちマリエが口をひらいた。

「お久しぶりです、お会いできるかどうか分からないままきてしまいました、娘とパリへ向かう途中です」

「よくここが分かったね」

「川崎のバーで教えてもらいました、日本を素通りするには分別の足りない女になりました、ゾエに私が暮らした国を見せたかったこともあります」

そう話す女に目をあてながら、上手に年をとったな、と神木は思った。娘の方は二十代であろうか、背も高く、花盛りの若さのままに輝いている。

「初めまして、ゾエです、母から神木さんのことは伺っています、眼鏡がとてもお似合いですね」

立派な日本語でそう言った。

家に招じて、インスタントコーヒーで持てなすと、女たちは興味深そうに日本の男の暮らしを見まわしながら、なにかフランス語で囁き合ったり、くすくす笑ったりした。おかしいのは小さな丸テーブルにワインがごっそり立っていることや、洗濯物が家の中に干してあることらしかった。

「まだ独身のようですね」

「持てないからね、アトリエのがらくたを恋人にしている、選《よ》り取《ど》り見取《みど》りでいいよ」

「絵を描くそうですね」

とゾエが割って入った。

「むかしはね、今は装幀をしている、装幀は分かるかな、人の本のデザインをしてお金をもらう、言ってみればテイラーのようなものだが、ミシンのかわりに色や文字を使う」

「私もデザイナーです、宝石の」

「ほう、それは奇縁だ、宝石のデザインは緻密だろう」

「ゾエは見かけより神経質で、強情で、気に入るものができるまで部屋に籠《こも》ります、食事のために出てくるときの顔は苦虫を嚙み潰したように不細工で見られません」

マリエが口を添えて、彼らは笑った。長い空白を経た再会はなんの違和感もなく、急速に打ち解けていった。

「ところで幾日いられる」

「明日の昼までです、パリの病院を予約しているので、それ以上はいられません」

「どこか悪いのか」

神木は間の抜けたことを訊いてから、そういう事情の旅かと沈んだ。会えたことの喜びがにわかに凶に変わった瞬間で、パリへゆくからには重いのだろうと思った。マリエの口からは能天気な言葉が零《こぼ》れた。

「精密検査をして、その結果次第ではすぐに手術ということになりそうです、背中になにかできているようなのです、でも今日はちっとも痛みません、パリへ着いて痛くなかったらどうしようかと思うくらいです」

「今日は再会を愉しもう、なんでも我が儘を言ってくれてかまわない、私もちょうど休みたいと思っていたところだ」

「ほら、優しいでしょう」

マリエはゾエに向かって言いながら、神木に気持ちを見せていた。どちらがどちらの思いを屠《ほふ》ったというのでもなく別れてから、今日まで会えずにきたのは人と人のなりゆきでしかなかった。これといった理由もわだかまりもないのが、彼らの事情であった。強いて言うなら生活上の岐路が離れた原因であろうし、感情の糸が一気にからまる瞬間を逃したにすぎない。それが今日はもうからまりはじめている。ゾエはふたりの心情を察しているらしく、見守る眼差しであった。

愉しい会話のうちに互いの今を確かめ合いながら、さて夕食をどうしたものか、と神木は迷った。特産のアワビが口に合うとは思えないし、都会の洒落《しゃれ》た料理は望めない。鮨桶を囲んでワインでも飲むかと考えていると、

「私が留守番をしますから、ふたりで散歩でもしてきたら」

とゾエが言った。

「休まなくて大丈夫か」

「平気です、興奮していますし」

「じゃあ、そこまで買物につきあってくれ」

午後の日盛りであったが、マリエは苦にしないだろうと考えた。散歩の道で思い浮かぶのはヤシの並木か砂の歩道であった。

車で出かけて、スーパーの近くの浜辺に立つと、夏の海にはサーファーが出ていた。民宿に泊まって青春を愉しむ学生らしく、甲羅干しをする若い女たちもいる。ふたりは命の差を眺めながら、渚《なぎさ》から遠い砂浜を歩いた。

「あれからどうしていた」

「パリでしばらく働きました、結婚して、離婚して、結局ニューカレドニアへ戻って今はホテルに勤めています、バーテンダーです」

「ほう、なにを作る」

「マイタイがよく出ます」

「懐かしいね、私はもうシェイカーも振らない、それで食べてきたというのに人間は勝手だな」

「ゾエがおもしろそうな人だと言っていました、あれで人を見る目はある子です」

「そうらしい、人をみてきちんと話せるだけでも大人だし、君に似ていい雰囲気を持っている」

「また描きますか」

「いいね、今ならずっと美しいものになるだろう」

言葉は自然に溢《あふ》れ出て、遅れてきた女と男の情を醸した。会えばたちまちむかしに還る近しさからか、不思議なほど抵抗のない時が流れてゆく。マリエの手が絡んでくると、いいものだなと神木は思った。

「パリにはどれくらいいることになる」

「ひと月の予定ですが、手術の結果次第では延びるでしょう」

「重いのか」

「そう感じています、でも悲観してはいません、ゾエがいてくれるし、彼女の未来を見届けるまでは負けられません」

そういうマリエの希望は、先端医療ではなく娘の上にあるらしかった。強い母親になったらしい女に神木は重く流れた歳月を感じながら、もし泣き崩れるようなことがあったら歳を忘れて応えるだろうとも思った。

「日本にもいい病院はある、パリからデータを送ってくれたら探しておこう」

「保険がありません」

「なあに、ごまかすさ」

彼は半ば本気でそう思い、またひとつやりたいことができたような気がした。突然の訪問は久しく心の襞《ひだ》に潜んでいた感情を呼び起こして、静かすぎる暮らしに波紋を広げてゆくようであった。

砂浜の道とも言えない道を、ふたりはのろのろと歩いた。暑いが、汗を掻くのは神木の方で、マリエは涼しい顔で笑みながら、なにやら夢の中にいるようだと話した。

「初めての場所なのに懐かしい気がします」

「夢で見ていたのかもしれないな、そういうことがあるらしい、私も出演したか」

「したような、しないような、夢ですから」

「私は幾度も君に会っているよ、たいていはすけべえな夢だったがね」

「ばかねえ」

神木は笑わせるために言って、笑う女を見ると安堵して笑った。むかしそうして萎《しお》れた女を立て直した日々が、つい昨日のことのように思い出されて、愉しかった。

「パリ行きを決めたとき、ゾエには今度の病気は寿命のサインだろうと話しています、大人の目でパリを見て帰国したら彼女の視野も一変するでしょう、日本で働いてみたいと言い出すかもしれません、そのときは力になってやってください」

「ああ、そうしよう、だが、そのときは君にもきてほしい、もう一度描かなければいかんからね、きっとそうなる」

防波堤の切れたところで、彼らは車道へ出てスーパーの駐車場へ引き返した。酒の摘まみと翌朝のためのパンや卵を買って家に戻ると、食卓の支度をして待っていたゾエが、

「どう、キスぐらいしたの」

と母親をからかった。神木にも聞こえる声だったので、彼は赤くなったが、マリエは平然としながら、あなたが寝てからゆっくりするわと切り返し、それとなく彼に気持ちを知らせた。そういう母と娘のお芝居は見ていてすがすがしいくらいであった。

交代でシャワーを浴びて、出前の鮨が届くと、ささやかな再会の祝宴がはじまった。マリエは本当に調子がいいらしく、ワインを嘗めるように飲みながら、常に話題の中心にいた。さすがに眼鏡の男に遊ばれた話は控えたが、私はパリより日本が好きと言って憚《はばか》らなかった。

「言語の違いもあるわね、フランス語で話すと断定的になりがちだけど、日本語だと自然に相手の気持ちを考えるでしょう、そこがいいわね」

「私も話すなら日本語の方が好き、でも街ならパリかな」

「どうして」

「古いのにお洒落だから」

歴史と鮮やかな彩りの調和する、芸術の都に憧れているらしいゾエに、神木は西野の話をした。

「友人がフランスの田舎に暮らしている、画家でね、生活は苦しいが、とにかく美しいところらしい、彼は画家だから、そんなところでも闘う、疲れるとカフェに憩い、一杯のコーヒーを愉しみ、また闘う、それで幸せかというと他人にはそうは見えない、だが、たぶん幸せなんだろう、彼はパリを窮屈で息苦しいと言っていたよ」

「私もそう思いましたが、それが魅力になってゆくのもパリのようです」

マリエは冷静に見ていた。

「パリだけがフランスではないように、東京だけが日本でもない、私はこの歳になって静かな暮らしを愉しめるようになった、人にはその人に向いている土地というのがあるのかもしれないな、そこへ行き着くためにいろいろやって生きてきたような気さえする、ゾエはこれからだな、何事も経験ということになる、甘いからウニを食べてごらん」

話題はパリからルシヨンへ飛んで、やがてデザインの話になった。刺激を求める歳のゾエが手探りの壁を見ているようなので、神木は端的な言葉でなぐさめた。

「カクテルで考えると分かりやすい、マイタイもひとつの造形美としてみれば成功した例だろう、液体を混ぜるだけでも新しいものが生まれる、つまり可能性は限りない、だからデザインはおもしろい」

「でも苦しい」

「我々の仕事はおよそ閃《ひらめ》きからはじまる、そこから美の世界へ没入して苦しむことになるが、苦しみながらも愉しまなければだめだろう、そうして美しいものを生むために闘った時間は、やがて生きたという実感をもたらす、いずれ分かるようになるから心配しなくていい」

食事のあと、神木はふたりにアトリエを披露した。壁際に三メートル近くある机兼作業台があって、蛍光灯の明かりの下にカバーのラフ案が並んでいる。今のところどれも半端に美しく、自慢できるものではなかったが、

「見事です、とても同じ本のカバーとは思えません」

とゾエは熱心に見入った。

「これ、美しいと思います、わざと色を抑えていますね」

まもなく彼女が目をとめたのは意外にも裸婦像を使ったデザインで、色調は優しく、文字は小さく、営業的な指向を無視したものであった。日本人が好む無難さを逆手にとって彼は新しい工夫を施していた。ゾエはその斬新さを見抜いたが、もし下品なものに見る人がいたなら、その目は節穴だろうと思う。

「磨けばさらに美しくなるはずだが、決め手がなくてね、毎日眺めている」

「私なら、この時点で完成です」

「完成かどうかの判断はあきらめることに似ている、間違えば結果は敗北だよ、十年後に見ても美しいものが本物だろう、ここからが私の闘いでね、愉しみながら身を削ることにもなる」

次の朝、母娘はゆっくりと女の支度をして発っていった。駅まで車で送った神木は、電車を

待つ間にマリエに気持ちを伝えた。

「一晩ではとても話し足りない、パリからの帰りにまた寄ってくれないか」

「運よく生きていたら、そうします、もしものときはゾエがそうするでしょう」

マリエは微笑しながら応え、神木はそのときになって覚悟の訪問であったかとうろたえた。瞬時に言うべきことを見失うのは、核心が見えていながら眺めているしかないデザインのときと同じであった。待つほどもなく急行列車がきて、女たちは都会へ運ばれていった。ゾエに日本人を感じたのは彼の思い過ごしかもしれない。だが、ひとことマリエに確かめるべきであったと思った。人を思う気持ちを抱えて生きてゆくのは彼の癖だが、思うだけの優しさになんの力もないことを痛感した朝でもあった。

なにをするでもなくぼんやりと過ごして夜になると、彼は自分で自分の背中を押すようにしてアトリエに入った。そのまま終えることのできない一日であった。習い性で机に向かい、裸婦像のデザインを引き寄せると、私なら完成ですと言ったゾエの声がよみがえってきた。しかし、なにかが足りない。上品だが、歳相応に衰えたマリエの方が美しいのはなぜか、と懐疑した。

突然やってきた女が去って、男には残懐と仕事が残った。美しい本を作ることがマリエの命をつなげると勝手に思い定めて、揺れる気持ちを鼓舞することが彼の切り抜け方であった。ほかに非力な自分を救うこつなどなかった。

長い凝視のあと、彼は思い切って女性の写真をモノクロに落としてみた。そこへ薄く色を敷いてみる。赤と青の二色が秀美であった。文字の色も変えてみる。するとデザインは別の表情になり、新しい命が芽生えはじめた。ある頼りない予感に興奮しながらのめり込んでゆくと、時の経つのを忘れ、いつしか夜も更けているようであったが、彼は先が見えるようで見えない時間を愉しみはじめた。

「西野のやつ、利いたことを言いやがる」

そう思いながらも、気がつくとルシヨンの画家と同じことをしているのだった。この装幀を終えたらパリへゆこうと思うのも、あながち無謀な考えとも言えなかった。パリぐらい、すぐそこではないかと思えることが、その日の彼であった。やがて裸婦像の視線に求める感情のないことに気づくと、いっそむかし描いたマリエの絵を使ってみようかと思い立った。今から見れば若さが若さを描いたような絵だが、手つかずの美が眠っているような気がしたのであった。この惑乱に等しい発心と喪失を繰り返して流れてきた人生が、そうした束の間だけは崇高に感じられるから不思議であった。夜半であったが、彼は家中を探しまわった。しばらくして見つけると、若描きの、しかし精魂をこめた絵はむしろ成熟したものに見えて、目障りな疵《きず》がなかった。美しいものを美しく描こうとしたときの、純粋な気持ちが画布に乗り移っているようでもあった。

充たされた彼は気を引きしめて、カバーのためにどう処理するかを考えはじめた。画布に留まるマリエの表情は悄然《しょうぜん》としている。美しいが哀しく、非力に見えてどこか頼もしい。それは今も同じで、彼女は変わらない歳月をぽんと投げ出していったという気がした。すると、そこに自然に重なる彼の歳月も濃さを増してゆくように思われた。

ある種の盟友かな、と神木は思った。しかし現実にはそれより深い情を抱《いだ》いているのだった。マリエに長い未来がないなら彼はその未来に滑り込んで、ふたりしてなにがしかの歓びを手にしてみたかった。彼女はまた哀しい顔で笑って、よくきてくださいました、と言うかもしれない。それとも、ばかねえ、と笑うだろうか。死期を悟ったひさしは、くるなと言った。どちらも彼の好きな人間で忘れたことはないが、食べることに困らなくなったときから意識の端に置いてそっと思いつづけてきたのかもしれない。

「たかが本のカバーに命を懸けてどうする」

もしひさしが言うなら、心まで飢えたらそっちへゆくよ、と神木は返答するつもりであった。美しいものを生めなくなったときに人生の幕を引くのが彼の理想であったが、マリエとその娘を見てしまうと、それもちっぽけな考えに思えてきたのだった。生きて、信じられる仕事をして、ついに求めたものを創造する幸せを、ゾエにも体現して見せなければならない。言い換えるなら、生きられるだけ生きて一冊でも多くの美しい本を生むことが自分のような幸運に恵まれた人間の務めであって、逃げることは許されない。装幀家として、生を全うできなかった人たちの魂をなぐさめることができるとしたら、彼らの集う川に彼らの求めた温かい美しいものを捧げることであろう。そう思い、彼はまた異端児の思考に還っていった。

なにを美しいと思うか。それは人それぞれだが、幸いなことに万人が美しいと思うものがひとつある。汚れた目や嫉妬を寄せつけない絵の中の女に神の仕業を見るうち、彼は自信し、今はまだ一枚の紙切れにすぎないデザインの彫琢にとりかかった。

本作は書下しです。

この物語はフィクションであり、登場する人物および団体名等は実在するものとはいっさい関係ありません。

あの春がゆき　この夏がきて

2021年10月31日　初刷

著者　乙川優三郎《おとかわゆうざぶろう》

発行者　小宮英行
発行所　株式会社徳間書店
〒141-8202　東京都品川区上大崎3-1-1　目黒セントラルスクエア
電話　03-5403-4349(編集)　049-293-5521(販売)
振替　00140-0-44392
本文印刷　本郷印刷株式会社
カバー印刷　真生印刷株式会社
製本　ナショナル製本協同組合

ISBN978-4-19-865363-7

乙川優三郎☆好評既刊

ロゴスの市

第23回島清恋愛文学賞受賞作

翻訳家と同時通訳者。言葉の海でたゆたう二人の男女。愛と理性と衝動がもたらす長年の苦い歳月の果て、意表を突く愛のかたちとは？　切なくも美しい宿命的な愛の旅路を描く至高の恋愛小説。

四六判／文庫

ある日　失わずにすむもの

アジアで、中東で、日本で…世界各地に広がる不穏な気配。とつぜん踏みにじられるかけがえのない日々がある。理不尽な現実に抗する旅立ちの物語。危うい〝今〟の世界に生きる人々に贈る12篇。

四六判

地　先

人生の後半にさしかかった女と男。心は、色褪せてはいない。艶めいた思い出と、思いがけない出来事で揺れる。来し方と前途のあわいで闘う人々を描く。勇気と感動をかきたてる八篇の物語。

四六判